COLLECTION
FOLIO THÉÂTRE

Roland Dubillard

Naïves hirondelles

Édition présentée, établie et annotée
par Michel Corvin

Professeur honoraire à l'Université de Paris III

Gallimard

PRÉFACE

Roland Dubillard est un écrivain secret et l'on ne saurait trop se méfier de la vulgate qui court sur lui et sur son œuvre, notamment sur Naïves hirondelles. *Cette vulgate n'a pas peu contribué à faire de lui un marginal dans une république des Lettres où règnent les esprits paresseux mais tranchants que sont le plus souvent les critiques professionnels, alors qu'ils devraient être les dénicheurs perspicaces de talents insolites*[1]. *De Dubillard on a dit et répété : doté d'une faconde hors pair, c'est un*

1. Il existe des exceptions émanant d'esprits non seulement enthousiastes mais avertis. Sans doute les mots brillants ne manquent pas sous la plume des critiques pour dire que les pièces de Dubillard font feu des quatre fers ; mais souvent l'éloge ne va pas plus loin, quand il n'est pas contredit par des remarques sévères sur le manque de consistance de l'entreprise. On retiendra cependant : « Dès que le rideau se lève sur une pièce de lui les personnages ont déjà des comptes à régler. Ils voudraient tirer au clair les manigances de la vie et les embrouillaminis des sentiments. Ils vont s'y employer avec la logique de l'inquiétude et l'illogisme de l'entêtement », Claude Roy, « Un poète étonné et étonnant », *Revue d'esthétique*, « Roland Dubillard », nº 34, 1998, p. 35 ; « Dubillard, l'homme au regard et au langage obliques. [...] Pour le démontage systématique du sens et du son des mots, il ne cessa d'utiliser les voies et les joies traversières d'une déstabilisation enjouée — et même effrénée — du langage », Jacques Lacarrière, « L'Avantage d'être oblique », *Revue d'esthétique*, p. 47 ; « Dubillard est un songeur de mots », Jean-Pierre Thibaudat, « La Maison Dubillard », *Revue d'esthétique*, p. 58.

jongleur de mots qui les jette à tous vents ; ils brillent en feux d'artifice verbaux d'un éclat éblouissant mais bientôt s'évanouissent, ne laissant comme trace, dans les yeux des spectateurs, que le souvenir d'un moment heureux, dû à la transgression des normes du langage et du sérieux. Du coup Dubillard est plus fait pour le cabaret, la pochade, voire les plaisanteries de potache que pour la scène : quand il s'y est essayé, à maintes reprises, il a eu du mal à échapper à son démon de la complaisance verbale ; il écrit trop long et trop diffus. Peut-être son écriture n'est-elle qu'une parade pour cacher sous un habit d'Arlequin une pensée, sinon banale, du moins confuse. De toute façon Dubillard n'a guère le sens de la composition théâtrale — à preuve le nombre de pièces qu'il a laissées inachevées. De ce fait il eût mieux valu qu'il reste fidèle à sa première manière, celle de l'absurdie, où sa logique imperturbable et détraquée faisait merveille dans ses flashes radiophoniques (sous le nom de Grégoire et Amédée*), dans ses* Diablogues *et ses* Nouveaux Diablogues, *plutôt que de se lancer dans des pièces trop ambitieuses comme* La Maison d'os, Le Jardin aux betteraves, ... Où boivent les vaches. Naïves hirondelles *étant à la jonction des deux manières : le langage en est sans doute la matière première mais trois actes c'est beaucoup pour se contenter de dire qu'on n'arrive pas à parler et en faire rire : car on ne fait pas une « vraie » pièce seulement avec des mots ; il y faut une pensée et c'est là que le bât blesse. De toute façon les pièces de Dubillard n'existent que par et pour Dubillard lui-même : il y raconte sans relâche sa difficulté d'être, avec une voix traînante et chantante, d'une nonchalance inimitable ; elle rend son absence au monde d'une extraordinaire présence scénique. Mais sans Dubillard acteur — dont personne n'a jamais nié la* vis comica *— ses pièces s'effondrent ou ennuient : assez paradoxalement* *on voit trop alors la main de l'auteur quand l'auteur n'est plus là pour les animer, etc.*

À tout cela — qui mêle compliments et critiques — que répliquer? Que c'est un tissu de jugements simplistes qu'il m'appartiendra d'enrichir et d'erreurs factuelles que l'on peut dès maintenant corriger : celle notamment qui voudrait qu'il y ait eu une évolution dans la carrière dramatique de Dubillard et que, parti de la saynète de cabaret, il ait progressivement voulu hausser le ton, palier par palier, en passant de Si Camille me voyait... *à* ... Où boivent les vaches. *Erreur pardonnable, si l'on s'en tient aux dates de représentation (*... Où boivent *a bien été créé en 1972 et* Naïves hirondelles *en 1961) et d'édition, mais que l'on peut rectifier si l'on se réfère au document essentiel que sont les* Carnets en marge *récemment publiés*[1]. *On y apprend que dès les années 1945 l'idée de plusieurs des pièces, connues seulement dans les années 60-70, avait germé et, qui plus est, en même temps*[2]. *De cette publication qui offre une partie des réflexions de toute nature que Dubillard a couchées sur le papier depuis 1947, il est loisible de tirer un florilège de citations et un certain nombre d'idées et de comptes rendus d'expériences théâtrales qui ne sont pas loin de constituer une véritable esthétique dramatique. Il ne s'agit pas néanmoins de brosser le portrait d'un théoricien rébarbatif du théâtre — car Dubillard, sans son humour impavide, ne serait qu'une caricature de lui-même — mais d'un homme de lettres et de culture qui s'est posé sur son art les questions essentielles.*

1. Volume de 980 pages publié par Gallimard en 1998.
2. Voir notamment p. 239 et 282-283 où il est déjà question, en 1952-1953, de ... *Où boivent les vaches* et p. 398-399 où il est question, en 1955, de *La Maison d'os*.

UNE ESTHÉTIQUE DRAMATIQUE

Si une œuvre de théâtre est un acte[1]

Dubillard se définit d'abord par ses refus : il ne croit pas au théâtre populaire ni aux modes de jeu qu'impose la volonté de rendre le théâtre populaire ; il est un des rares, par exigence esthétique, à ne pas être séduit par Gérard Philipe et à ne pas se laisser entraîner dans le sillage de Vilar : « [...] Vilar présentait Gérard Philipe dans Le Prince de Hombourg. *Cela ne m'a pas intéressé. [...] Tout à coup, perdant à l'approche de la mort toute dignité, le Prince se roule par terre en hurlant de peur. Oui, cela se voit, c'est bien cela qu'il fait, et c'est fait d'une manière inattendue, et sans timidité. Tout y est sauf un je ne sais quoi, la compromission de Gérard Philipe lui-même, peut-être. Je veux dire : quelqu'un, rendu réellement immonde par la peur et se roulant réellement par terre pour réclamer une petite minute de vie en plus, n'aurait peut-être pas fait plus ni autrement que G. P. Mais il n'aurait pas gardé en réserve cette petite chose invisible, peut-être ce lieu d'imbrication de l'âme et du corps que Descartes nommait tout bonnement la glande pinéale. [...] Je voulais dire que le spectacle lui-même était aussi détaché, coupé de la vie, que le jeu des acteurs l'était de leur âme*[2]. *» Malgré leur jeunesse et leur apparente spontanéité, ces acteurs sont tout autant en représentation que Giraudoux à la « hauteur lassante »*[3]. *En somme, Dubillard n'aime pas le théâtre : « Moi que le théâtre ennuie, que l'idée qu'il existe des théâtres énerve [...]*[4]. *»*

1. *Carnets en marge*, p. 554, en date du 26 novembre 1959.
2. Ibid. p. 107-109, en date d'avril 1952.
3. Ibid., p. 111.
4. Ibid. p. 245, en date de février 1953. Ce rejet du théâtre sera affirmé

Ce qu'il appelle de ses vœux est un théâtre non seulement débarrassé de toute tentative et tentation de réalisme, mais constamment projeté au-delà de sa signification immédiate, dans une sorte de porte-à-faux où l'essentiel réside dans ce qui n'est pas dit : « Théâtre dont les personnages n'exprimeraient rien de ce qu'ils sentent. Uniquement en acte, et peut-être en commentaire de leur résultat invisible. L'absence de réaction force à imaginer ce que la réaction devrait être[1] *», car « l'écriture est un instrument de découverte*[2] *». La liberté de développement, la démarche oblique avançant par touches allusives et aléatoires sont les premières qualités qu'il s'attribue, à la différence de ces dramaturges dont les « personnages vont tout nous dire, ils vont exister totalement du début à la fin de ces trois actes, ils nous ôteront le désir d'en savoir davantage sur eux. En dehors de ce qu'ils nous montreront d'eux, ils n'existeront pas, ni ailleurs, ni avant, ni après. [...] L'action au théâtre. Il ne suffit pas qu'elle soit dramatique. Il faut qu'elle soit digne d'être célébrée sur un théâtre. Qu'elle soit exemplaire. Sinon, mieux vaut pas d'action du tout. Supprimer l'unité d'action — la remplacer par l'unité de sujet. [...]. Liberté à chaque instant d'aller chercher mes scènes hors de ma pièce. Qu'elle ne se referme pas sur elle-même comme elles font toutes (celles de Shakespeare au moindre degré) — mais reste ouverte jusqu'au bout*[3]*. »*

Cette exigence d'ouverture se concilie mal avec le respect de règles dont aucun écrivain, dans les années 1950, ne pouvait faire litière sans avoir à se justifier : « On n'a

---

bien plus nettement encore dans les pages du carnet de juillet et août 1970 (voir p. 694-695).

1. Ibid. p. 321, en date du 8 septembre 1953.
2. Ibid.
3. Ibid. p. 474, en date du 1er juin 1956.

jamais trouvé les règles[1]*.» Mais «une règle incontestable, c'est celle de l'unité. On ne peut terminer une pièce par le dernier acte d'une autre*[2]*.» «Le dramaturge qui réfléchit sur son art en tant que moyen d'expression élimine peu à peu l'inessentiel [...]. On évolue d'un art spontané, populaire, bachique, puéril, émotionnel, public, etc., vers un art solitaire, ou du moins : secret. [...] Il semble que le théâtre ne puisse progresser que vers son anéantissement. Le bon théâtre se veut le moins théâtral possible. Le théâtre de Mallarmé,* Igitur, *drame. Non que ce ne soit pas du théâtre, mais ce n'est plus du théâtre*[3]*.» Quelle place alors pour le réel et pour quel réel, au théâtre ? « C'est le réel qui m'occupe. Je n'ai jamais rien écrit de valable qu'à partir du réel, réel rendu neuf; réel dépoussiéré de ce qui le rend morne; réel un peu décalé pour accuser le trait, poussé à des extrémités conformes à sa nature; réel redevenu réel, après les traitements débilitants de l'habitude, paresse, conformisme, réel tiré du tombeau comme Lazare ressuscité et, de ce fait, plus vivant que nature. Se souvenir, décrire, raconter, voilà. Imaginer, jamais. [...] Le réel est ce que nous avons de plus riche et c'est notre seul domaine*[4]*.»*

Mais se référer constamment au réel ne signifie nullement qu'il s'agisse de le copier : «Car il n'y a pas des choses : il n'y a que des conventions de choses et je ne prétends pas retrouver les choses sous les conventions, mais seulement retrouver la liberté de me choisir mes conventions[5]*»; ou encore : «Ce n'est pas ce que vous montrez qui compte. C'est ce que vous cachez — sous ce que vous montrez. N'attirez donc pas l'attention sur vous,*

1. Ibid. p. 579, en date du 5 juin 1959.
2. Ibid. p. 581, en date du 6 juin 1959.
3. Ibid. p. 580-581, en date du 5 juin 1959.
4. Ibid. p. 733, en date du 2 septembre 1977.
5. Ibid. p. 137, en date du 25 octobre 1949.

mais sur ce que votre personnage ne sait pas de lui-même. Qu'il ne manifeste pas en le montrant, mais en le cachant[1]. *» Et l'acteur est le premier instrument de cette dissimulation : « Même un acteur qui se tait me semble plus présent lorsque son mutisme se double d'invisibilité : son silence est d'autant plus "expressif" qu'on ne le voit pas se taire. Le spectateur donne d'autant plus qu'il lui est moins donné. Et ce qui compte au théâtre n'est-il pas ce que le spectateur fait de ce qu'on lui présente ? Et l'art n'est-il pas de lui suggérer ce qu'il doit en faire*[2] *? » La part d'inconnu et d'insaisissable sera d'autant plus vaste qu'elle sera le fait, conjointement du personnage, de l'acteur et du spectateur : « Le spectateur doit rester dans le sentiment du manque de la vraie solution*[3]. *»*

S'agit-il encore du personnage, de l'acteur et du spectateur et pas plutôt de l'auteur lui-même qui s'investit totalement dans son œuvre à proportion même de l'invisibilité dont il s'entoure : « Que ma force se perde dans les branches de l'arbre que j'escalade (et devienne souvenir irradiant), je sais bien que je n'irai pas plus haut que l'arbre, puisque l'arbre lui-même retombe comme la gerbe d'un jet d'eau. Et peut-être que c'est là pour moi le sens de l'écriture et du théâtre. Élan indépassable, voué à la pourriture comme les fleurs[4] *» ? Car, dit-il : « Je considère le théâtre comme une catégorie de l'existence*[5]. *» Et l'existence, comme le théâtre, est solitude : « Théâtre solitaire. Possible. Solitaire comme un tableau ou une œuvre musicale. Ne tenir aucun compte de comédiens éventuels. Je joue tous les rôles comme Picasso*

1. Ibid. p. 858, en date du 13 novembre 1979.
2. *Revue d'esthétique*, p. 425.
3. Ibid. p. 563, en date du 5 mars 1960.
4. Ibid. p. 131, en date de septembre 1949.
5. Ibid. p. 665, en date du 12 décembre 1966.

trace toutes ses lignes. Pas de public, mais la place du public, vide : pas un miroir mais un éclaircissement de soi à soi qui donne à l'œuvre sa clarté finalement objective. Théâtre solitaire dont l'espace est imaginaire mais rigoureux, rendu nécessaire dans son détail par le bruit, la fureur, l'éclat des personnages ; ni le décor ni ce qui le produit, cette parole, ces cris des personnages humains qu'une imagination supérieure se donne, solitairement[1]. »

Si l'on avait pu nourrir quelque hésitation quant à la place exacte du réel et de l'imaginaire dans l'œuvre théâtrale de Dubillard, on voit par ces dernières citations que l'un et l'autre sont dépassés dans la perspective d'une sorte de vision intérieure, solipsiste même, où l'auteur dialogue avec lui-même, indifférent à tout ce qui paraît l'incarner (à savoir les personnages) et l'environner (à savoir l'espace et son occupation par les décors et le bruitage). L'exercice du passage à la parole et à l'animation scénique est le signe de l'aporie centrale du théâtre : plus il parle, plus il montre et plus il cache et se cache. Chaque mot prononcé et chaque image montrée font reculer l'échéance du sens. Le rire du spectateur — car il est incontestable que le public (un certain public du moins) rit à Dubillard — est une réaction de défense contre l'angoisse de se sentir de trop dans cette quête impossible de l'auteur Dubillard par son double : lui-même, l'acteur.

Car c'est bien du jeu et de l'acteur — de l'acteur Dubillard — qu'il faut partir et à qui il faut revenir pour prendre toute la dimension d'une esthétique qui ne se déploie que sur le plateau : « J'écris ce que je veux et je joue ce que j'ai envie d'écrire. Pour moi il n'y a pas de frontière entre l'écriture et le théâtre. Tout nourrit le théâtre : les bruits, les objets, les onomatopées. C'est un

1. Ibid. p. 854, en date du 30 octobre 1979.

peu une question d'état de grâce. Si on arrive à mettre le public en état de grâce, tout lui est bon, et tout est bon, en effet : casser des noix sur scène, réparer lentement une table bancale, remplacer une phrase par un phonème, c'est alimenter un jeu. Jouer est un jeu. Les enfants le savent très bien. En grandissant il y en a qui oublient, d'autres qui s'en souviennent. Je suis de ceux qui s'en souviennent[1]. »

SUBTILITÉS DE COMPOSITION

Un troisième acte doit être autre chose que le couvercle des deux premiers[2]

En appelant sa pièce Naïves hirondelles, *titre d'une chanson dont il est lui-même le compositeur*[3], *Dubillard place clairement son œuvre sous l'égide de la musique. Cette chanson dont on ne connaîtra jamais, en cours de pièce, l'ensemble des paroles*[4], *constitue un leitmotiv placé à des endroits stratégiques de la pièce dans la bouche de personnages bien précis. En fait la chanson est la propriété de Fernand — rôle qui était tenu à la création, en 1961, par Dubillard lui-même : la première fois qu'il apparaît, à la scène 4 de l'acte I, Fernand est même précédé par la chanson dont il fredonne l'air ; et à cinq autres reprises il relancera la mélodie, fredonnant l'air ou chantant le premier vers du second couplet (« L'hiver a racorni les fleurs ») pour meubler des silences ou masquer des moments de gêne. Comme c'est en sifflant*

1. *Revue d'esthétique*, p. 320.
2. *Carnets en marge*, p. 372, en date du 28 juillet 1954.
3. La partition en est reproduite p. 105 de la *Revue d'esthétique*.
4. Les deux couplets en sont reproduits p. 205-206 des *Carnets en marge* ; elle est datée du 11 juillet 1952.

« Naïves hirondelles » que Fernand, dans la dernière indication scénique de la pièce, « commence son travail de collage », il est patent que la chanson donne le la à toute la pièce, avec sa tonalité douce-amère. Le spectateur ne pourra en avoir qu'une vague idée car même si Bertrand, à la scène 8 de l'acte I, chante deux autres vers (« Et dans ses pinces les pervenches / se sont fanées sur leurs tuteurs »), il n'est guère possible de faire le lien avec ce qui est chanté à quatre scènes de distance. Surtout on ne saura jamais — c'est un signe, parmi maints autres, de ce goût du masque et du secret chers à l'auteur — ce que raconte la chanson. La voici en entier :

Naïves hirondelles
Portez mes vœux vers elle
Mes baisers sont des vers luisants
Portez-les-lui, portez-lui-z-en
Puisque je l'aime et qu'elle est belle.

L'hiver a racorni les fleurs
Et dans ses pinces les pervenches
Se sont fanées sur leur tuteur
Mais malgré tant de gelées blanches
Il n'a pu dans mon triste cœur
Geler les larmes ni les pleurs.

Cette chanson est à la fois amoureuse et désespérée et l'on comprend bien pourquoi sa moitié amoureuse a été omise par Dubillard car elle aurait dit ouvertement que Fernand en pince pour Germaine, cette (dem)oiselle ; quant à sa partie désespérée (« les vers luisants » ne sont pas sans évoquer Une Charogne *de Baudelaire), elle a un accent trop romantique pour s'accorder avec le ton de dérision générale. Bertrand complice et « frère » cadet de Fernand chante aussi la chanson, par bribes, à quatre reprises et Madame Séverin deux fois, car ils forment à eux trois un groupe uni, avec ses codes et ses mots de passe ; Germaine, la nouvelle venue, en est naturellement exclue.*

Précisément, avec l'arrivée de Germaine, le trio devient quatuor et la pièce s'organise selon des lois tout autant dramaturgiques que musicales. La formation est constituée de deux violons, Fernand et Bertrand, dont il est difficile de dire lequel est le premier si l'on en juge seulement par le nombre de répliques attribuées à chacun : Fernand est doté de 268 répliques et Bertrand de 283. Naturellement, dans ce calcul, on ne tient compte que des deux premiers actes, car, au troisième, Bertrand disparaissant avec Germaine, le quatuor devient sonate, et la part la plus belle, globalement, revient à Fernand. Si l'on se penche sur le groupe des quatre on se rend compte que sa formation ne va pas sans quelques ratés, l'histoire de la musique rendant parfaitement compte de la distribution des forces dans la pièce, avant que Germaine ne pousse la porte de la boutique de Fernand : en effet l'alto, marginal et nouveau venu, a eu quelque mal à s'intégrer à un ensemble de cordes déjà constitué, formé de deux violons et d'une basse continue. De fait, Germaine l'altiste fait, si l'on peut dire, quelques pas de valse-hésitation, le temps des quatre premières scènes en forme de quiproquo, avant de se joindre aux deux violons et au violoncelle tenu par Madame Séverin.

La répartition instrumentale est doublée d'une autre, par sexe et par âge, qui va compliquer les rapports : le jeune violon et la jeune altiste sont faits pour s'entendre en duo ; ils alimenteront l'essentiel du deuxième acte, constitué de l'aveu réciproque de leur amour (à la scène 4), dans un échange plus romantique que marivaudien où le refus de dire et de se dire tout en se disant atteint aux limites de l'aphasie et du bredouillement douloureux. Une fois que Germaine et Bertrand ont compris, à demi-mots, qu'ils s'aimaient, ils n'ont plus rien à faire dans les pages d'une œuvre où il n'y a de place que pour des mots qui n'arrivent pas à se dire : ils disparaissent définitivement et laissent le champ libre au couple des vieux qui jouent une sorte de Sonate des spectres, *façon petits-bourgeois. La même tendance à la rétention de la parole, combinée avec un gâchis de mots, se résout alors en une alliance dérisoire autour d'une tarte au fromage.*

Dans ce jeu à quatre l'alto et le violoncelle ne sont pas sans affinités car ils sont tenus l'un et l'autre par des femmes : bien que rivales, Germaine et Tantine (Madame Séverin) disent ce qu'elles ont à dire avec beaucoup plus de fermeté et de rapidité que les hommes ; elles sont l'une et l'autre en quête d'un homme, mais, comme les hommes en question sont infantilisés par leur caractère velléitaire (Bertrand) ou aboulique (Fernand), elles prennent une stature de mères ou du moins de décideurs. Sans préjuger du statut plutôt ambigu de Madame Séverin qui nourrit pour son neveu Bertrand une tendresse plus que maternelle.

Cela posé, la ligne fabulaire est des plus simples puisqu'il s'agit d'une rencontre, c'est-à-dire, comme dans la plupart des pièces classiques, d'un événement qui déclenche le dynamisme de l'action : Germaine intervient dans un ménage à trois où les relations à la fois affectives (de Madame Séverin à l'égard de Bertrand), sexuelles (de la même avec Fernand) et économiques créent des liens qui ne sont pas tous vectorisés de la même façon : Bertrand et Fernand dépendent de Madame Séverin qui est la tante de l'un et la propriétaire de l'autre ; ils ont tous deux besoin d'elle pour se nourrir, mais Tantine a besoin de l'affection des deux compères. Cette situation de base est décisivement déstabilisée par l'intrusion du pôle d'attraction sexuelle que représente la jeune Germaine. Les deux hommes vont lui tourner autour pendant tout l'acte et utiliser toutes les voies, des plus allusives aux plus directes, pour lui faire comprendre leur désir. Madame Séverin s'en rend vite compte et essaie d'élever des contre-feux pour protéger son pré carré, c'est-à-dire son « collage » avec Fernand et son rapport privilégié avec Bertrand. Mais peine perdue car, dès les premières scènes de la pièce, il apparaît que c'est vers Germaine que se porte toute l'énergie affective du neveu de Tantine.

Il restera donc un troisième acte, entièrement constitué des relations difficiles de rejet/rapprochement de Tantine et de Fernand, ce couple de vieux n'étant que le double dégradé du couple des jeunes : structure en écho repérable à de nombreux signes.

L'acte le plus complexe est bien le premier, bâti en permanence sur un système d'actions inachevées ou manquées, rédigées dans un langage inchoatif et suffisamment flottant pour autoriser, de la part des personnages, une multiplicité d'interprétations, donc une désorientation du discours qui va jusqu'au brouillage de la communication. Impression de confusion et de piétinement que n'est pas sans ressentir le spectateur, à moins qu'il veuille bien déceler, sous cette apparente négligence de facture, une organisation rigoureuse, d'ordre musical plus encore que dramatique.

La pièce commence par l'attaque, en solo, de l'altiste : Germaine est le seul personnage, dans toute la pièce, à avoir droit à « sa » scène. Après quoi elle fait connaissance, successivement, avec les membres du trio : avec Madame Séverin (scène 2), avec Bertrand (scène 3), avec Fernand (scène 4). Le quatuor est-il définitivement constitué ? Pas tout à fait : les trois membres — dont la présence renvoie à la structure originelle du quatuor issu d'une sonate à trois avec deux violons concertant à éga-

lité (même nombre de répliques pour Bertrand et pour Fernand !) et d'une basse continue — se retrouvent à la scène 5 et, plus intimement encore, les deux violons seuls, à la scène 6. Dès lors la formation en quatuor est solidement installée et, pendant les cinq scènes suivantes de cet acte I, il va se déployer dans toutes les dimensions de ses thèmes mélodiques et dramatiques : ceux-ci vont se transmettre d'un instrument (c'est-à-dire d'un personnage) à l'autre dans un entrelacs qui peut paraître incohérent si l'on s'en tient à une conception rhétorique du discours littéraire, mais qui trouve tout à fait sa raison d'être dans une optique musicale faite de surimpression de tonalités, d'évocations allusives, de points d'orgue et de reprises da capo, de pizzicati ironiques et de tous les tempi propres à restituer les états d'âme des instrumentistes[1]. *Le plus cocasse est qu'à force de mélanger les thèmes, les instrumentistes se sentent perdus dans l'imbroglio qu'ils ont eux-mêmes noué. Ainsi, à la scène 11, à la question du violon Fernand : « Quoi, qu'est-ce que c'est ? », le violon Bertrand répond en une phrase angoissée : « C'est l'eau de Javel, et puis c'est la porce-*

1. Sans qu'il soit possible, sous peine de monotonie, de rendre compte de l'entassement par succession (et non par lien de causalité) de tout ce qui fait le contenu de ces six scènes, on relèvera cependant : scène 7 : le repas (et ses ingrédients), le mobilier (paravent et chaise), les chapeaux, la boisson (l'eau de Javel), les projecteurs, la porcelaine, la vaisselle ; scène 8 : le repas, la mort, l'avenir de Germaine, le side-car, la photo, le pain rassis ; scène 9 : les bords de Marne, la vieillesse, la viande, la vie d'une modiste, les besoins d'argent, l'effondrement de la table ; scène 10 : la corde et le hamac, le couchage de Germaine, la syncope de Madame Séverin ; scène 11 : l'installation d'une douche, les allusions érotiques (« tableaux vivants »), le bruit derrière le paravent, l'écroulement de la table, les règlements de comptes entre Madame Séverin et Bertrand, les projecteurs, le testament, les chapeaux, le side-car ; scène 12 : l'évanouissement des deux femmes, le hamac, la jalousie de Fernand, sa menace de départ, la photo, le vinaigre...

laine, et puis c'est la photographie, et avant même que ce soit vraiment la photographie... Mais moi, là-dedans, qu'est-ce que je deviens ? »

Rétablissant un équilibre mélodique des voix menacé par le mixage anarchique des thèmes, les scènes 13 et 14 (scène à deux, d'une part, et scène à trois de l'autre) sont construites en chiasme avec les scènes 6 et 5, par-delà la masse des six scènes où le quatuor joue en ensemble (scènes 7 à 12). Dans la totalité des 23 scènes de la pièce (dont on peut dire que le déséquilibre est flagrant puisque l'acte I en comporte 14 contre 4 pour l'acte II et 5 pour l'acte III), on se rend compte également que Dubillard a cherché à instaurer un ordonnancement autre qu'arithmétique : celui-ci adopte, à peu de choses près, toutes les combinaisons que la présence de quatre interprètes autorise, selon qu'on les présente ensemble, en trio ou en duo et, à l'intérieur de chacune de cette distribution quantitative, selon qu'on les répartit en jeune(s) et vieux, en vieux et vieille, en femme(s) et homme(s), en femme et femme, en homme et homme... Dans l'assortiment des possibles, il ne manque que deux formations : deux femmes et un homme ; un jeune et une vieille ; il n'y a pas de tête à tête de Bertrand avec sa tante et jamais un des deux hommes ne se trouve, seul, affronté aux deux femmes. Ce constat ne pousse pas à s'interroger sur les raisons de ce manque mais vise au contraire à souligner avec quelle habileté, dramaturgique tout autant que musicale, Dubillard s'est ingénié à donner à chaque instrument et à chaque personnage la chance de s'exprimer dans des formations aussi diversifiées que possible. Et là encore le nombre des scènes imparties à chaque formation est très révélatrice des accents majeurs de la pièce : six scènes pour l'ensemble des quatre; cinq pour le couple des vieux, trois pour le couple des jeunes. Double sonate à l'intérieur d'un quatuor, c'est sans doute là une forme musicale inouïe, mais c'est à coup sûr la formule dramatique la mieux faite pour établir une symétrie par opposition entre les deux couples, autour de l'axe commun du quatuor. Ainsi donc le troisième acte de Naïves hirondelles *n'est-il nullement « le couvercle des deux premiers*[1] ».

Qui dit musique dit mouvement, celui-ci fût-il ralenti jusqu'aux limites de l'immobilité. Il en va de même au théâtre où le recours à une temporalité stagnante est si insolite que son inventeur, Tchekhov, lui doit l'essentiel de sa réputation. Rien d'étonnant donc que le piétinement dubillardien alimenté de la répétitivité des mêmes situations, des mêmes gestes et des mêmes mots ait valu à la pièce le qualificatif de tchekhovienne. Les personnages constatent l'impossibilité de mener à bien, et donc d'inscrire dans le temps, le moindre de leurs projets : tout s'écroule sans cesse, au sens propre comme au sens figuré. D'autre part, le cheminement souterrain d'une obsession unique (coucher avec Germaine) est le fil conducteur de la situation. Laquelle ne peut donc, étant donné les censures de tous ordres, que hoqueter et, à l'image de la table d'une part et de Madame Séverin de l'autre, s'écrouler ou tomber en syncope. On met ici le doigt sur un des procédés favoris de la dramaturgie des années cinquante, la littéralité. Plutôt que de signifier par des mots que la situation est « bloquée » on fait voir ce blocage par des procédés scéniques, visuels ou

1. À cette interprétation musicale de sa pièce Dubillard apporte une caution explicite : « Alors le côté musical, c'est typique dans le troisième acte de *Naïves hirondelles*. Je me suis efforcé que les deux personnages qui restent en scène disent à des intervalles plus ou moins longs exactement le contraire de ce qu'ils ont dit, avec des renversement constants. Il me semblait qu'on pouvait faire avec les émotions — la colère, l'attente, le désespoir — une sorte de musique. Je crois d'ailleurs, si j'ai le droit de croire quelque chose, je crois qu'il y a une racine commune à la musique et à l'émotion », *Revue d'esthétique*, p. 191.

sonores, qui cristallisent, qui concrétisent la métaphore. Du même coup bien d'autres principes (ou habitudes) de la composition dramatique classique sont mis à mal, qui concernent la constitution du personnage comme le fonctionnement du dialogue. Les personnages de Fernand et de Tantine font preuve d'une inquiétante instabilité mentale et d'une grande fragilité de mémoire : ils ne savent plus de quoi on vient de parler ni même ce qu'ils viennent de dire ; le dialogue procède par faux enchaînement causal ou par associations d'idées et de mots, plus que par articulation de pensées ; la distribution du tour de paroles entre les quatre membres du quatuor se fait de façon aléatoire, sans que les répliques soient adressées à un partenaire précis. Du coup celles-ci ne s'enchaînent pas car tout est de l'ordre du présupposé, de l'implicite dont le lecteur/spectateur ne saisit des bribes que s'il réussit à rapprocher les morceaux d'un dialogue-retard où ce qui est dit ne reçoit sa réponse (quand il la reçoit) que plusieurs répliques plus loin. Ceci notamment dans les six premières scènes où Dubillard prend plaisir à brouiller les cartes.

Un autre signe, et non des moindres, de la composition paradoxale de la pièce est sa combinaison d'une monotonie poussée jusqu'aux limites du ressassement avec une esthétique de la surprise. Pour briser un désœuvrement entretenu à plaisir et de façon toute beckettienne, le clignotement des thèmes, jamais tenus plus de quatre répliques d'affilée, ne suffit pas. D'où la multiplication de trouvailles dont la force comique tient surtout au fait qu'elles sont inattendues. Elles résultent souvent de l'intervention des objets (table, hamac, paravent qui s'écroulent, tire-bouchon qui s'enfonce sur lui-même) mais, plus subtilement, d'inventions verbales qui « meublent » les silences et écartent la menace d'aphasie. Le glissement sémantique du sens propre au sens figuré d'un mot ou l'inverse, la prise au pied de la lettre d'une image peuvent donner lieu à toute une séquence : c'est le cas de l'histoire de la mouche dans la lentille de l'appareil photographique à la scène 1 de l'acte III. Un peu plus tard, à la scène 3, lorsque est épuisé le comique du jeu des chapeaux que l'on s'échange, Fernand trouve une idée pour répondre au « Quelle heure est-il ? » de Madame Séverin : additionner toutes les heures que donnent les pendules entassées dans la boutique et en faire la moyenne ! Calcul qui aboutit à une loufoquerie assenée par Fernand avec un sérieux imperturbable.

Le vide, en somme, occupe une place de plus en plus envahissante à l'acte III : vide d'enjeu, vide de thèmes, vide de personnages absents l'un à l'autre et constamment en état de distraction, vide spatial aussi car, en correspondance avec le constat du néant existentiel, la scène reste vide à deux reprises aux scènes 2 et 3 et n'est plus remplie que par des bruits. Il n'y a pas de meilleur moyen scénique pour faire comprendre que l'homme est de trop dans cet univers de non-communication. Le « personne n'écoute personne » lancé par Dubillard fait écho au « personne n'entend personne » d'Adamov et à la « Voix sans personne[1] » de Tardieu. Par là on perçoit combien Dubillard est de la génération des avant-gardistes des années cinquante, même si sa pièce, mise en chantier dès 1952, n'a été jouée que dix ans plus tard.

1. Titre d'une pièce datant de 1956.

UNE POÉSIE DE THÉÂTRE

Quelle histoire intéressante
a son sens en elle-même[1] *?*

Parler de poésie de théâtre c'est rendre à César, c'est-à-dire à Cocteau, ce qui lui appartient. En effet dans la préface des Mariés de la Tour Eiffel, *Cocteau a cette phrase : « L'action de ma pièce est imagée tandis que le texte ne l'est pas. J'essaie donc de substituer une "poésie de théâtre" à la "poésie au théâtre"*[2]*. » Phrase sibylline qu'un exégète de Cocteau commente ainsi : « Ce n'est pas au dialogue d'être imagé, c'est à l'action. Des métaphores en action, voilà le texte des* Mariés de la Tour Eiffel[3]*. » Ce commentaire n'est guère plus clair sinon qu'il insiste sur le fait que ce n'est pas avec des mots que l'on fait de la « poésie de théâtre » ou plutôt que les mots changent de nature : ils ne sont plus ornements mais producteurs de sens et impriment à la fable une direction dont tous les éléments du discours théâtral, même et surtout les plus masqués, se font les relais. La fable dès lors se développe sur deux lignes : un qui porte le sens obvie, immédiatement perceptible, un second, plus secret mais néanmoins déchiffrable, pour peu que l'on accepte, pour l'interprétation, une démarche « poétique ». Cette démarche consiste à repérer, non les mots rares ou les métaphores choisies qui passent d'ordinaire pour poétiques, mais les mots-signes dont le « côté palpable » (pour reprendre l'expression de Jakobson*[4]*) les*

1. *Carnets en marge*, p. 136, en date du 24 octobre 1949.
2. *Théâtre complet*, Pléiade, 2003, p. 36.
3. Pierre Dubourg, *Dramaturgie de Jean Cocteau*, Grasset, 1954, p. 26.
4. Dans les *Essais de linguistique générale* (Éditions de Minuit, 1963), au chapitre II, « Linguistique et poétique », Jakobson définit ainsi

métamorphose en objets — éléments de décor ou accessoires — en les faisant passer de la page au plateau. Quand, dans la même phrase, Jakobson souligne que la fonction poétique « approfondit la dichotomie fondamentale des signes et des objets », il met le doigt sur la nature proprement théâtrale des objets, au théâtre : ils ne sont plus cette table, cette bouteille, cette tarte familières, que l'on croit tirées directement de la réalité, mais les manifestations incarnées d'un réseau d'images, saupoudrées de façon assez obsessionnelle dans toute l'œuvre pour imposer une signification par-delà leur apparence brute. On se dit alors que rien n'est gratuit — inconsciemment sans doute dans l'esprit de l'auteur — de ces récurrences et l'on prend le risque d'échafauder, à coup de jeux de correspondance et de dérives contrôlées des polysémies et des figures de style, une hypothèse de lecture, sans doute trop systématique si on la prenait au pied de la lettre mais néanmoins révélatrice du cheminement créateur.

Il faut bien distinguer, dès lors, deux niveaux de matérialisation scénique des images : les unes sont désignées, dans les indications scéniques ou dans le dialogue, comme ayant statut de réalité ; leur visibilité est objective et apparemment incontournable[1]*. Le théâtre des années cinquante a fait un très large usage de ce « cho-*

---

la fonction poétique : « La visée du message en tant que tel, l'accent mis sur le message pour son propre compte, est ce qui caractérise la fonction poétique du langage. [...] Toute tentative de réduire la sphère de la fonction poétique à la poésie, ou de confiner la poésie à la fonction poétique, n'aboutirait qu'à une simplification excessive et trompeuse », p. 218.

1. Pour juger de la fidélité des metteurs en scène de jadis aux indications scéniques de l'auteur, on comparera le plateau encombré de la mise en scène d'Arlette Reinerg en 1961 et 1964 (voir illustrations p. 210, 270, 294, 312 et 366 du numéro spécial de la *Revue d'esthétique*) avec la scénographie plus dépouillée de Pierre Vial pour la mise en scène de 1994 (voir p. 296 et 298 de la même revue).

sisme »-là[1] *:* Le Nouveau Locataire *de Ionesco (et maintes autres pièces du même auteur) n'est fait que du remplissage/encombrement, jusqu'à l'asphyxie, d'une pièce (et de la pièce) par le mobilier du Monsieur en train d'emménager ; même procédé chez Adamov avec tous les papiers qui dans* L'Invasion *(1950) s'entassent sur tous les meubles. Dubillard leur emboîte le pas avec ses chapeaux, son hamac, ses pneus, ses sacs de noix et de porcelaine, ses horloges. Rien là que de très banal dans le contexte de l'époque ; ce qui l'est moins est la façon sournoise dont un concept se monnaye, en se métamorphosant, aussi bien en action scénique qu'en objet du discours ou en objet tout court. Nous voulons parler ici du concept de repas qui, comme chacun sait depuis Freud et Lautréamont, est le symbole de la consommation sexuelle*[2]*. Depuis qu'il y a eu rencontre, sur une table de dissection, d'une machine à coudre et d'un parapluie, il y a mille chances nouvelles de rencontre sur une table (de salle à manger) d'une bouteille et d'une tarte, du rond et du pointu.*

La qualité particulière de cette consommation dans

1. Sur ce qu'il nomme l'objectocentrisme on lira « L'écrevisse et le cabri », étude aussi savoureuse que savante de Dominique Noguez, *Revue d'esthétique*, p. 415-420.

2. Vitrac, dont chacun connaît *Victor ou les Enfants au pouvoir*, est aussi celui qui a écrit de petites pièces, véritables bijoux d'érotisme et d'onirisme, notamment *Entrée libre* (1922) qui raconte comment Henri, l'amant d'Hélène, est invité à dîner par elle et par son mari Guillaume qui est aussi son meilleur ami. Henri a une conscience coupable et s'écrie dès la première phrase : « On m'invite à dîner pour étrangler les enfants, merci je ne romps pas de ce pain-là. » Le repas se passe très mal et, d'acte manqué en tentative de meurtre, la pièce s'achève au restaurant où Henri prononce, pour désigner Hélène métamorphosée en serveuse : « Dites-moi, où avez-vous trouvé cette porcelaine ? » Nommée et démasquée Hélène, tout aussi mal à l'aise dans son statut d'adultère, « laisse tomber une pile d'assiettes ». On croirait assister par anticipation à nombre des actes manqués de *Naïves hirondelles*.

Naïves hirondelles *est d'être sans cesse retardée et pour finir de faire fiasco. Une fois que Germaine a subi devant Bertrand puis Fernand l'examen de passage de son sex-appeal, il ne reste plus qu'à se mettre tous à table pour une partie carrée. Mais à mère nourricière (Tantine arrive « avec un gros panier »), père castrateur. Fernand intervient : apéritif d'abord ; mais la bouteille contient de l'eau de Javel (I, 7) : les obstacles se multiplient sur le chemin de la consommation. Madame Séverin, jalouse, se venge en cassant l'unique flûte à champagne destinée à Germaine*[1] *(I, 8). « La table s'effondre », au moment précis où Tantine va vider son sac. À la scène 10, absente pour cause de syncope, elle laisse le champ libre aux propositions presque ouvertement conjugales de Bertrand. Quand elle se réveille, le repas reprend mais pour peu de temps. Situation suspendue et* coïtus *derechef* interruptus *: « la table s'écroule de nouveau » (I, 11).*

La discussion financière qui s'ensuit ne réussit pas davantage à Madame Séverin puisque le paravent, en fin de scène 11, lui tombe sur la tête. Nouvelle absence, et de longue durée, de Madame Séverin, dont Germaine va profiter pour prendre sa place — au sens figuré — dans le cœur de Bertrand et — au sens propre — dans le hamac que pourtant Fernand destinait à Tantine. Finalement c'est Madame Séverin qui, pour sa déveine, l'occupera, mais à nouveau, quand elle voudra intervenir entre les deux mâles pour les écarter de Germaine, « le hamac

1. Sur la lecture freudienne de ce bris involontaire, Dubillard attire lui-même l'attention : « On ne peut pas dire que ce soit absolument inconscient. Je m'amuse quelquefois en pensant tout d'un coup : "Tiens, on va faire un peu de freudisme." Quand Madame Séverin, dans *Naïves hirondelles*, va chercher un verre et qu'elle casse la flûte à champagne qui était destinée à la jeune fille, c'est ce qu'on appelle un acte manqué. Moi, j'ai bien rigolé en l'écrivant parce qu'on connaît trop ce que c'est qu'un acte manqué », *Revue d'esthétique*, p. 197.

cède. Madame Séverin tombe et se casse partiellement». Les actes manqués en cascade ne sont que le signe d'une censure supérieure, celle des objets, chargés de censurer le censeur. Reste, en clausule de l'acte, l'usurpatrice que Bertrand appelle à la rescousse : «Germaine ! eh ! Germaine !» Elle était entrée dans l'acte et dans la pièce par mégarde en appelant : «Y a quelqu'un ?»; elle en sort comme celle en qui le héros place tous ses espoirs.

Va-t-on croire qu'à l'acte II le ménage à quatre se reconstitue ? Il s'en faut. Madame Séverin a beau avoir conquis les lieux et s'être installée chez Fernand avec ses chapeaux, son désir d'autonomie et d'initiative sexuelles est entravé par son état physique dans sa marche aux croissants. Tout en faisant preuve de mauvaise foi et d'autorité mesquine à l'égard de Germaine, elle sait bien que la partie est perdue; elle le dit en termes que Dubillard, en indications scéniques, commente on ne peut plus clairement : «C'est comme un filet d'air [...]. Comme sous une porte, quand il fait froid... (symboliquement) *l'hiver !» Rien d'étonnant donc que ses croissants soient rassis, car elle va «bientôt mourir». Une qui est consommable et fraîche, c'est Germaine qui ressemble à «un petit bout de croissant» et qui «se laisse manger». À cette perspective de consommation sexuelle trop facile, Madame Séverin oppose sa sagesse de femme d'expérience : «Un petit bout de croissant rassis [...] ça se laisse manger moins facilement» (II, 1). C'est ici que la symbolique du vase, mais du vase brisé, relaie celle de la nourriture avec la même signification de tentative de copulation, indéfiniment vouée à l'échec : Fernand a beau, avec une parfaite mauvaise foi, annexer Germaine dans le champ lexical de la porcelaine (il voudrait bien qu'elle se mette à la colle avec lui) il ne peut que faire part de sa mésaventure et raconter comment son vase aux cinquante-*

huit morceaux s'est brisé sur le trottoir. C'est du François Coppée, mais en plus bruyant !

Il est midi. Bertrand revient, nanti de nourriture : à charge pour Germaine de « faire cuire tout ça ». Fernand abandonne la partie, c'est-à-dire Germaine, entre les mains de Bertrand en disant à la première : « Au fond c'est un bon photographe [...] » et en complétant, pour que nul n'en ignore de son ratage sexuel : « Eh bien, je ne suis pas un photographe ! Voilà ! » Quand on sait à quoi devait mener la photographie dans l'esprit aussi bien de Bertrand que de Germaine (voir I, 6 et I, 13), nul doute n'est plus possible quant à l'éviction définitive de Fernand. Bertrand et Germaine restent seul à seule : ils se redécouvrent comme au premier matin d'une rencontre : « Bonjour », lance Germaine en début de scène 4.

Quel plat vont-ils se partager ? Des noix. « Oui... des noix ! — Pour manger ? », interroge Germaine, déjà gourmande. « Non, pour casser », ce qui fait dériver la consommation dans une direction inquiétante que Germaine ne saisit pas car elle pense encore à « se distraire ». Il s'ensuit une classique scène de dépit amoureux, bâti sur un désir têtu d'exagérer les zones d'incompréhension pour mieux constater qu'elles n'existent pas. Et voilà Bertrand qui bafoue Germaine en la traitant de « sacrée petite jardinière ![1] » (p. 157). Comme chez Marivaux, aucun des deux ne veut lâcher le mot qui dirait vraiment le désir d'amour, mais chacun en a gros sur le cœur, non, sur l'estomac, car la cohérence thématique impose de rester dans le registre culinaire ; métaphori-

1. Encore un mot qui relève du champ lexical de la nourriture/sexualité. Néanmoins l'analyse thématique s'interdit de tout interpréter dans le sens d'une sexualité galopante, sinon on aurait beau jeu de « traduire » la phrase de Bertrand à Germaine : « On n'a pas le droit de partir quand quelqu'un vient de vous glisser une bûche dans le fourneau rien que pour vous ! » (p. 156).

quement car « c'est que c'est autre chose » (p. 159) : « ce n'est pas le sandwich au saucisson sec qui me pèse sur l'estomac », avoue Bertrand (p. 160). Le discours tournerait en rond, bloqué sur des interrogations sans réponses (« qui ? qui ? qui ? », p. 160), si Bertrand ne quittait ce marivaudage bégayant pour évoquer les parties charnues de Germaine et sa stratégie de séducteur « direct » qui lui a si bien réussi avec Solange ou Ursule. Direct, il l'est en demandant à Germaine de se déshabiller ; le refus de celle-ci ne pourrait qu'aggraver sa peine de cœur, c'est-à-dire ses « crampes d'estomac ». Germaine biaise encore ; blocage de part et d'autre et retour obligé à la métaphore culinaire qui dit bien ce qu'elle veut dire mais sauvegarde les pudeurs : « Allez-vous-en [...] rendez-vous utile [...] et tâchez qu'on mange ! »

Que c'est difficile de dire qu'on aime et qu'on s'aime ! Les mâles expriment trop brutalement leur désir, et les filles voudraient qu'on y mette quelque forme. Aussi, tout acquis qu'il est, l'accord des deux jeunes gens ne peut-il empêcher l'acte II — qui mène bien à l'acte, au sens sexuel du terme — de se terminer sur une note hamlétique... mais liée à un objet de consommation, la noix. Dans ce monologue, désespéré comme un adieu à la jeunesse, la noix n'est plus un fruit qu'on mange mais comme un être fragile qu'on risque de détruire en en brisant l'enveloppe : le cerneau est en forme de cerveau et Bertrand est à la fois Hamlet et Yorrick : le premier médite sur la mort de l'autre et de soi-même. Son destin d'adulte est bouclé, il va à la casse et il ne réapparaîtra plus. Triste repas d'amour en perspective. La rencontre ne saurait cependant s'achever sur une note tout uniment pathétique : Bertrand a bien quelque chose d'Hamlet et Germaine d'Ophélie, la malheureuse amante est renvoyée, non au couvent, mais à la cuisine !

L'acte III est une longue scène à deux, en cinq parties,

où les objets s'entassent dans un désordre plus hétéroclite que jamais : chapeaux, horloges, hamac, roue de moto, mannequin de couturière, appareil photo et surtout — pour la continuité de notre analyse — une « table mise pour un goûter de quatre personnes, parce que c'est dimanche à 5 heures ». Elle est la note tenue de tout l'acte, cette table-pivot autour de laquelle tout va tourner. L'allusion à la nourriture érotique part de très loin puisqu'il est question d'une lentille (p. 176) mais c'est une lentille d'appareil photographique. Fernand s'égare un moment dans la périphérie, disant qu'il dira ce qu'il a à dire mais en ne le disant pas ; Madame Séverin, elle, revient au centre en expliquant son air absent par le fait qu'elle a sa « tarte au four ». Le rythme de tout l'acte, dès lors, est donné : la tarte cuit pendant que l'on parle de choses et d'autres ; est-elle cuite à point ? N'est-elle pas brûlée ? Jusqu'au moment où l'on s'apprêtera à la déguster et qu'on aura une surprise désagréable. Toute la cuisson de la tarte suit les étapes en sinusoïdes du désir, Fernand et Tantine étant rarement ensemble au même point, sur la courbe de leurs ondes érotiques. Néanmoins Fernand, pour la première fois dans le texte, « pelote » (c'est le mot de Dubillard) Madame Séverin en suivant la mouche qui est en train de « grimper » la dame. Effet immédiat de transfert érotique de Fernand sur Bertrand auquel, on l'a vu, Tantine voue un amour peut-être plus qu'avunculaire.

Tant qu'à changer d'identité, voilà Tantine qui, dans la bouche et sous les mains de Fernand, devient Germaine. Double confusion qui soude le quatuor en un couple bis, Fernand et Madame Séverin étant le reflet projectif en un miroir cruel de ce que ne manqueront pas d'être, un jour, Bertrand et Germaine. Fernand, faute de faire de la photo de nu avec Germaine, fait avec Tantine de la photo habillée mais leur intimité est brisée du fait de l'objet-censeur, l'appareil photo. On remarquera que tout ce qui tombe (hamac, table, paravent, appareil photo) crée une faille dans la continuité énergétique des personnages et suspend la réalisation de leurs pulsions. Le désir monte néanmoins chez Fernand : « Ça sent rudement le fromage, vous ne trouvez pas ? » (p. 187).

Moment crucial et favorable : la tarte est cuite et il faut passer à table, même si les catalyseurs du plaisir (Bertrand et Germaine) ne sont pas arrivés. Mais nouvel échec : alors qu'elle s'est mise en condition, Tantine entend Fernand « tailler une bavette » (encore un mot du vocabulaire culinaire !) avec la voisine que l'on suppose jeune et jolie, une autre Germaine en somme. Madame Séverin le rejoint ; ils rentrent tous deux. Naturellement Fernand est furieux d'avoir été « interrompu ». Les reproches de Madame Séverin sont directs, l'esquive de Fernand indirecte, mais propre à lui concilier la maîtresse-faute-de-mieux qu'est Tantine. Madame Séverin est soucieuse de protéger son territoire amoureux en empêchant Fernand de sortir pendant qu'elle irait réchauffer sa tarte. Ils auraient pourtant bien besoin l'un et l'autre de s'échauffer car Tantine évoque sans ménagement le fiasco d'« hier soir » quand Fernand s'est retrouvé « au pied du mur ». Avec une muflerie insigne, il explique pourquoi et fait part à sa partenaire de sa technique de substitution imaginaire faite pour lui échapper, car elle a de la « présence », comme on le dit d'un comédien. Présence et « volume » qu'il faut bien accepter si l'on veut manger de la tarte. Madame Séverin parvient très bien, elle, à prendre Fernand pour Bertrand. Mais une tarte remise au four, ce ne sera que du réchauffé et Madame Séverin, jalouse et vieille, a un « ton désabusé » (p. 200).

Il reste deux scènes pour raccommoder les morceaux d'un collage sans charme. Chacun s'accroche à son transfert : Fernand du côté de la voisine (malgré ses protestations), Tantine du côté de Bertrand. À la superposition passé-présent à laquelle se laisse aller Madame Séverin correspond la superposition des deux Solange, l'une qui fut la maîtresse de Bertrand et l'autre qui occupe les rêves de dégustation érotique de Fernand : « [...] toute fraîche, toute mignonne, et pas grande, le genre cornet panaché vanille-framboise, une vraie friandise, la vraie grenouille ! » (p. 208). On ne peut plus délicatement faire l'éloge d'une femme ! Le dénouement approche, fait essentiellement du constat que rien ne se passera, que personne ne viendra et que les deux vieux continueront vaille que vaille à consommer, mais sans amour, car la tarte n'est pas encore sortie du four et peut réserver quelque surprise.

On commence la dernière scène — la dernière cène : ultime caprice de Fernand qui voudrait s'assurer que Tantine a vraiment destiné sa tarte à lui et à personne d'autre. À quoi, sensible, Tantine répond par une déclaration d'amour qui ressemble au satisfecit *d'une patronne à son garçon de courses zélé ! Elle s'assoit sur les genoux de Fernand et le câline ; ils décident de manger seuls la fameuse tarte. Fernand s'exécute et croque. Horreur ! c'est une tarte au savon ! De la bouteille de Javel de l'acte I au savon de cette fin de pièce, voilà les deux héros proprement lessivés. Il ne leur reste plus qu'à continuer à recoller les morceaux de leur vie et du vase « informe » : d'un collage l'autre, sous le tintement dérisoire et goguenard des horloges qui marchent bien, « mais pas à la même vitesse ».*

L'éternité dure longtemps surtout quand on ne sait pas l'heure qu'il est.

FAUT-IL EN RIRE ?

Le rire précède le risible. Étudier le comique d'une chose est vain, tout peut faire rire[1]

À coup sûr Dubillard aime jouer avec les mots : relevant pour l'essentiel de la polysémie et du glissement du sens propre au sens figuré (ou vice versa), les jeux auxquels il se livre enchaînent les effets de surprise en rapprochant deux réalités ou deux notions d'ordre différent ou opposé et instaurent un clivage, une disconvenance permanents dans les rapports de personnages et dans la fable, à chaque mise en place d'une nouvelle situation. Mais est-ce aux procédés réputés producteurs de rire (calembours, pataquès, à peu près, paronomases, allitérations, homéotéleutes...) que Naïves hirondelles *doit de provoquer ce rire si particulier — sorte de « rire dans l'âme », comme on l'a dit du comique de Molière — où se reconnaissent instinctivement les membres de la secte Dubillard ? Dira-t-on que les procédés réputés comiques appartiennent beaucoup plus à l'auteur des* Diablogues *qu'à celui des grandes pièces et que seule une lecture paresseuse pourrait conclure à l'identité de plume de « tous » les Dubillard ? C'est en très grande partie vrai car le rire, dans les pièces de longue haleine, est global, pour ainsi dire saupoudré sur l'ensemble de la fable, et résulte du dérèglement progressif des situations alors que celui des sketches est le plus souvent, comme chez Raymond Devos, construit sur les seules dérives sémantiques d'un mot. Dubillard ne se permet, dans* Naïves hirondelles, *que quelques jeux de mots de cette nature ; ils sont de portée toujours limitée, comme une sorte de*

1. *Carnets en marge*, p. 658, en date du 30 avril 1975.

clin d'œil qu'un Dubillard ferait à l'autre, de loin et comme en passant. En voici un exemple, acte III, scène 5 :

> Madame Séverin : « [...] et vos motos, elle ne le sont pas, tartes !
> Fernand : Elles pétaradent !
> Madame Séverin : — Pauvres péteux ! pétarader, c'est pas tarte, peut-être, pauvre type ! Pttt...
> Fernand : Elles partent, nos motos !
> Madame Séverin : Ptt ! Piteux, vous êtes. Elles partent ! Oui, vous devant, pauvres patates, et nous patraques par-derrière, ça vous est bien égal, elles partent ! et elles n'arrivent pas !... »

Ces allitérations expressives et imitatives sont parodiques dans leur accumulation, mais il en est d'autres de qualité plus poétique, comme celles qu'a relevées Maria Machado, bien placée, en tant que comédienne, pour savoir ce que le Dubillard donne « en bouche » :

> « Pour le dramatique, les colères par exemple : c'est les *s*, les *ts*, les *ch*, les *f*... :
> Madame Séverin : C'est pas à vous que je parle ! Écoutez-moi bien, Germaine ! Mes chapeaux c'est oui ou c'est non ! Et retenez bien une chose, c'est que si vous ne voulez pas de mes chapeaux, c'est pas seulement les chapeaux qui vous filent sous le nez ! C'est le fonds. Et quand je dis le fonds, c'est le fonds que je dis ! Parce que après ce qu'elle m'a fait Yvette, eh bien mon testament, vous savez à qui il revient, mon fonds, Bertrand ? Z'avez pas une idée, hein ? Pauvre bambin, va ! Et mon fonds c'est pas par 50 centimes que ça s'évalue, hein ? C'est avec pas mal de zéros après le 8 ! oui, le 8 ! Eh bien vous ne le savez pas, à qui tout ça reviendra, Germaine, si vous faites des chichis ? hein ?
> Et c'est ça qui caractérise le grand poète : la forme[1]. »

1. « Entretien de Pierre Chabert avec Maria Machado », *Revue d'esthétique*, p. 70. La tirade de Madame Séverin est située à la scène 11 de l'acte I.

Cette remarque, très judicieuse, recoupe un de ces aphorismes que Dubillard a semés dans ses Carnets *: « Dire n'importe quoi, mais pas n'importe comment*[1]*. » À cette nuance près, essentielle, que Dubillard ne donne l'impression de dire n'importe quoi qu'à ceux, comme l'annonce sentencieusement Fernand, « qui n'ont pas d'yeux pour voir » et qui « ne verront rien du tout » ! (p. 196, acte III, scène 3).*

La première qualité du personnage de Dubillard c'est de n'être pas là, tellement il est désancré, flottant. Mais son absence au monde n'est pas une absence au théâtre ; c'est une autre façon de l'occuper : ni par un solide projet ou une passion dévorante, ni par une fable qui tient en haleine dans l'« attente anxieuse de la fin[2]*», ni par un message idéologique quelconque assené avec toute l'autorité d'un penseur. Rien de tout cela : il s'agit de meubler le théâtre avec du théâtre, avec du jeu, c'est-à-dire avec du rien coulé dans un certain tempo et une certaine tonalité qui n'appartiennent qu'à cette œuvre et en signent l'originalité. Beckett passe son temps dans* En attendant Godot *à faire le commentaire du rien, à dire qu'il n'y a rien à dire ni à faire ; Dubillard fait vivre ce rien dans toute la densité de son insignifiance, sans phrases ou avec des phrases qui parlent à côté ou — mieux — qui essaient de dire et n'y parviennent pas.*

De ce fait il ne faut pas attendre de ce théâtre une tension, une progression qui résulteraient du piétinement et de la nonchalance que l'acteur-auteur Dubillard aurait

1. *Carnets en marge*, p. 465, en date du 28 mars 1956.

2. Formule de Brecht destinée à caractériser et à rejeter la dramaturgie aristotélicienne.

savamment entretenus tout au long, pour mieux rendre imprévisible autant qu'espérée la chute de la fin (fin de scène, d'acte, de pièce). Sans doute ces chutes existent-elles, bien matérielles (de table, de hamac, de personnage), mais elles ne sont qu'une concession au désir de détente d'un spectateur qui ne peut rester bien longtemps dans la condensation du vide sans avoir besoin de s'ébrouer en rires ou sourires libérateurs. Mais la distension du temps par le jeu des comédiens et les doubles fonds du langage — avec leur charge comique — ne suffisent pas à caractériser une pièce comme Naïves hirondelles. *Il y a bien autre chose, et ce sont des choses : choses supports du jeu. De ces choses on joue et, à leur tour, elles se jouent des personnages et les prennent au piège d'un échange maladroit, à armes inégales, entre la présence vivante, mouvante, en un mot théâtrale, des objets, et l'inconsistance, sinon l'absence et la fuite, des personnages.*

S'il fallait choisir, pour résumer la pièce, entre les jeux de langue qui l'égayent et les temps morts qui la plombent, ce sont les temps morts — mais habités par les objets — qu'il faudrait privilégier, comme rendant compte au plus juste de la durée dubillardienne : on attend bien au troisième acte le retour de Germaine et Bertrand mais leur défection — à la différence de celle de Godot — est de peu de conséquence ; bien moindre que la présence odorante, pendant tout l'acte, de la tarte au fromage, dotée, elle, d'initiative maligne : elle menace de brûler. Elle ne brûlera pas mais elle sera immangeable. L'objet prend décisivement le pas sur l'homme et les dernières répliques de la pièce font le tour rapide de tout le bric-à-brac qui s'est entassé dans la boutique : les horloges, mais invendables et incontrôlables, le hamac qui a joué de si mauvais tours à Madame Séverin et qu'elle voudrait bien à nouveau domestiquer, et surtout le « vase de porcelaine énorme, informe et inachevé » avec qui Fernand entreprend de se colleter comme Rastignac avec Paris : « À nous deux, maintenant. » Il s'agit de le construire à partir de morceaux épars. « Et il va monter jusqu'où, comme ça, votre vase ? » lui demande Madame Séverin. Aussi haut que le rocher que Sisyphe s'efforce à grand ahan de hisser sur sa montagne. Entreprise dérisoire et tout aussi métaphysique. « Il faut imaginer Sisyphe heureux », déclarait Camus. On peut croire que Fernand l'est aussi puisque, au moment où il se remet à son collage, il siffle la ritournelle mystérieuse qui fait le titre de la pièce et lui donne envol et légèreté : « Naïves hirondelles ».

Michel CORVIN

Naïves hirondelles

COMÉDIE EN TROIS ACTES

LISTE DES PERSONNAGES

GERMAINE[1]
MADAME SÉVERIN
BERTRAND
FERNAND

ACTE I

L'intérieur d'une boutique d'on ne sait quoi, un soir d'automne. Par la porte qui donne sur la rue, entre une pauvre petite demoiselle. C'est Germaine. Elle s'aperçoit timidement que la boutique est déserte.

SCÈNE I

Germaine, seule.

GERMAINE *appelle :*

Y a quelqu'un ? *(À part.)* Si ce n'est pas ici, ce ne sera nulle part. *(Elle s'assied sur sa valise.)*... *(Décidée.)* D'ailleurs c'est ici... *(Elle appelle :)* Madame Séverin, c'est ici ?... *(À part.)* Tant pis, rien à faire ; moi, je reste là. On a mis une annonce, non ! Alors, moi, je reste là. C'est la huitième. La huitième que je fais... des boutiques, j'en ai vu. *(Elle regarde autour d'elle.)* C'est encore des gens qui débutent. On attend, les chapeaux ne sont pas là. *(Un temps.)* Je m'en vais. *(Encore un temps. Elle appelle.)* Y a personne ? Madame Séverin ! C'est ici ?... *(À part.)* Les... *(Un temps, puis elle dit tout doucement :)* Ça vient, oui ? *(Elle rêve, les yeux fixes. Elle termine son rêve par des mots qu'on entend à peine.)* Tantine, Tantine, Tantine… *(Elle se secoue et regarde le décor… Ironiquement :)* C'est pas mal tout ça, dites donc… *(Sans ménagements, elle chante [1] :)* S'il vous plaît, M'sieurs-dames… *(Elle découvre avec étonnement dans un coin :)* Un pneu ! Un pneu. Je me suis encore trompée de boutique. Ce n'est pas juste. Mais alors, comment qu'ils font leurs annonces ? Pas un chapeau… Pas un chapeau. Y a pas un chapeau !

Entre une dame, hâtive. C'est Madame Séverin.

SCÈNE II

Madame Séverin, Germaine.

MADAME SÉVERIN

Y a personne ?

GERMAINE

Non.

MADAME SÉVERIN

Eh bien ! il faut crier plus fort. *(Elle crie.)* Y a personne ? *(Silence.) (À Germaine :)* Vous restez là ?

GERMAINE

Oui…, non…, oui, j'attends.

MADAME SÉVERIN

Bon. Vous seriez bien gentille : ma bouteille. *(Elle la pose sur la table.)* Moi, je m'en vais : la frite à ces Messieurs. Soyez tranquille, mon petit, ils ne resteront pas longtemps dehors. Fait pas chaud, hein ? *(En sortant.)* Ça serait pour un litre d'eau de Javel, au cas où.

Je reviens, bonsoir.

Elle est sortie.

SCÈNE III

Germaine, Bertrand.

GERMAINE

Dites ! Madame ! Madame !... Madame Séverin, c'est ici ? *(À part.)* Tant pis, je m'installe, et puis, hein ? Et à l'heure qu'il est...

La frite à ces Messieurs ?... Un litre d'eau de Javel... Toujours des gens qu'on ne connaît pas, quelle barbe ! Ils ne vont tout de même pas me renvoyer à Pontoise, à cette heure-ci ! Non, quoi, y a des limites !

C'est vrai, on cherche du travail, ils en ont, ils se prennent pour Napoléon. *(Elle ouvre un magazine. Elle bâille avec bruit.)* « Une frite... »

Encore un peu de silence. Puis une longue ficelle qui aboutit aux pieds de Germaine se tend : quelqu'un, dans la pièce voisine, en a pris l'autre bout. Ce quelqu'un entre. Il marche lentement car il rembobine la ficelle[1].

On remarque, en outre, une petite cuvette en émail sous son bras. Il s'appelle Bertrand. Germaine s'est levée. Le moment vient où Bertrand aperçoit Germaine.

GERMAINE

Je suis venue, voilà, c'est le, ce qui m'a fait venir, bonsoir, Monsieur, j'ai parce que on m'avait dit, enfin j'ai lu...

BERTRAND

Eh ben ça, par exemple ! Ça, c'est drôle ! Bonsoir, Mademoiselle. Je vous reconnais bien.

GERMAINE

Oh, non, sûrement pas, Monsieur.

BERTRAND

Si, si. Je pensais à vous cet après-midi. Tenez ! *(Il fouille dans un tas de magazines et lui présente une cover-girl.)* Vous voyez. À force de vous promener dans le quartier.

GERMAINE

Ce n'est pas moi.

BERTRAND

Ah… Il ne fait pas très clair, ici. Mais tout de même, vous lui ressemblez, non[1] ?

GERMAINE

Je ne sais pas. Vous attendiez cette dame, peut-être ?

BERTRAND

Pensez-vous ! Je ne la connais pas. C'est pour ça que ça m'étonnait.

GERMAINE

Je suis désolée.

BERTRAND

Faut pas être désolée. Vous n'êtes pas mal non plus.

GERMAINE

Je viens, parce que, ce matin, j'ai lu…

BERTRAND

Oui, alors c'est tout à fait autre chose. Je vous demande pardon. Qu'est-ce que je vais vous vendre, Mademoiselle ?

GERMAINE

… dans le journal… Non ; je suis venue vous voir parce que voilà ce qui se passe : j'ai perdu ma tante et je cherche une…

BERTRAND

Ah bon ! Eh bien j'aime autant ça, parce que faut dire que je n'ai pas grand-chose en ce moment. Bon. Alors… quoique à cette heure-ci, en général, je crois bien que c'est fermé. Quelle heure est-il ?… Enfin, bref, oui : dans le journal ? C'est encore un coup à Fernand. Ça ne fait rien, puisque vous êtes là, asseyez-vous. Je dis : asseyez-vous, je vous verrai mieux.

Il l'examine avec la lampe qui éclaire la table.

GERMAINE

C'est ce matin, en lisant le journal, parce que j'arrive de Pontoise. C'est bien ici qu'elle habite, Madame Séverin ?

BERTRAND

Madame Séverin ? Oui. Vous la connaissez ? Tournez-vous de profil.

GERMAINE

Non, je ne la connais pas. C'est ma tante qui...

BERTRAND

Vous ferez connaissance. Ce n'est pas difficile. Bon, eh bien c'est parfait. Pour moi, c'est oui. *(Il appelle :)* Fernand ! Ah le bougre. C'est parfait, restez assise, Mademoiselle. Et en attendant, comment vous appelez-vous ? *(Il appelle :)* Fernand ! — Hein ?

GERMAINE

Tilbout, Germaine.

BERTRAND

Tilbout... *(Appelant.)* Ben quoi, Fernand ! — Germaine ? Bon. Eh bien il faut voir Fernand. Moi, je m'en vais. Mais ça marchera. Quand vous verrez Fernand, vous n'aurez qu'à lui dire de vous regarder. Il ne comprendra peut-être pas pourquoi, parce que... mais ça ne fait rien. Dites-lui que je lui expliquerai tout ça. Et puis ce n'est pas bien de me faire des cachotteries. D'autant que c'est de moi l'idée, il aurait pu quand même.

GERMAINE

Mais Madame Séverin, quand est-ce que je la verrai ?

BERTRAND

Quand vous voudrez ! Tout à l'heure. Vous êtes très bien. Vous n'avez pas vu mon chapeau ? Non, ne vous dérangez pas, si vous ne l'avez pas vu, c'est qu'il n'est pas là. *(Il appelle.)* Fernand ! — Ça ne fait rien, il va sûrement venir.

Il sort.

SCÈNE IV

Germaine, Fernand.

GERMAINE, *seule dans la clarté de la lampe :*

Encore des ahuris[1] ! *(Elle regarde, se tait.)* Ou alors c'est la chapellerie en gros, moi, je ne veux pas : à peine fini le chapeau, on l'emballe par douzaines dans des caisses, au lieu de le vendre. Moi, faire des chapeaux sans les vendre, je ne veux pas. Il y a la peine, et il n'y a pas le plaisir. C'est barbe ! *(Elle regarde autour d'elle.)*... Pas un. Il n'y en a pas un. Et puis, ils ne se pressent pas. Ça va bien que Tantine est morte, parce que... Moi, je serais bien restée à Pontoise, qu'est-ce qu'ils croient ! *(On entend Fernand qui arrive en fredonnant l'air de « Naïves hirondelles ».)* Voilà le Fernand. Oh, je voudrais bien qu'elle arrive, parce que j'ai la trouille. *(Entre Fernand.)* Monsieur...

FERNAND

Ah ! Ah ! il y a du monde. Je ne vais pas vous déranger. Auriez-vous aperçu le jeune homme qui s'appelle Bertrand ?

GERMAINE

Ah, je ne sais s'il s'appelait Bertrand.

FERNAND

Si, un grand garçon, là, avec un chapeau... Oh ! pas si grand que ça, du reste. Vous étiez sûrement là quand il a crié mon nom pour que je vienne : Fernand. C'est moi, Fernand.

GERMAINE

Bonsoir, Monsieur. Parti, il est, par là.

FERNAND

Il ne vous a pas dit de me dire quelque chose ?

GERMAINE

Il m'a dit de vous dire de me regarder.

FERNAND

Oh ! celui-là !

GERMAINE

C'est ce que je lui ai dit. Moi, je n'ai pas du tout compris pourquoi il m'a dit de vous dire ça.

FERNAND

C'est toujours pareil, avec Bertrand. Faut qu'on devine. Asseyez-vous quand même, que je vous regarde. *(Il chantonne :)* « L'hiver a racorni les fleurs… » *(Parlé :)* Ah ! vous venez pour l'annonce !

GERMAINE

Oui, Monsieur.

FERNAND

Mais pourquoi, mais pourquoi qu'il a mis une annonce ! Il y a des moments, ma petite… Enfin ça y est, ça y est. Je lui dirai : dans ce cas-là, c'était pas la peine de me demander mon avis.

GERMAINE

J'arrive de Pontoise, Monsieur.

FERNAND

Vous pensez bien qu'on ne va pas vous renvoyer à Pontoise, ma mignonne.

GERMAINE

Je m'appelle Tilbout Germaine.

FERNAND

Eh bien Germaine, rasseyez-vous. On va causer. C'est Bertrand qui a mis ça là-dessus ?

Il désigne sur la table un hamac.

GERMAINE

Je ne sais pas, Monsieur.

FERNAND

Je m'appelle M. Fort. Vous pouvez commencer à m'appeler Fernand, ça ira plus vite. *(Il se met à installer le hamac.)* Alors, Germaine, alors. Vous savez raccommoder la porcelaine ?

GERMAINE

Non.

FERNAND, *démonté :*

Comment, non ! Vous ne savez pas raccommoder la porcelaine ?

GERMAINE

Non. Ça ne m'est jamais arrivé.

FERNAND, *après un temps, appelle :*

Bertrand ! *(Presque à part.)* Je vous dis, ce gars-là, il est unique. *(À elle.)* Alors vous ne savez pas raccommoder la porcelaine. Très bien, très bien. Remarquez : la franchise a du bon. Mais tout de même, tout de même. La porcelaine je veux bien que ce ne soit pas difficile de la casser ! mais la raccommoder, dites donc ! *(Il cherche.)* Est-ce que vous avez envie d'apprendre, seulement ?

GERMAINE, *pâle :*

J'ai… J'étais venue pour le…

Elle s'étrangle.

FERNAND

Est-ce que vous avez envie d'apprendre ?

GERMAINE

Moi ? Mais, Monsieur, vous me demandez ça !… Mais, Monsieur…

FERNAND

Envie ou pas envie ?

GERMAINE

Peut-être bien que je pourrais en avoir envie…

FERNAND

Eh bien, ça nous suffira. Vous vous êtes encore relevée ? Rasseyez-vous donc. On a tout son temps.

GERMAINE, *se raccrochant :*

Madame Séverin. J'aurais voulu parler à Madame Séverin.

FERNAND

Je la connais. Vous la verrez tout à l'heure. Madame Séverin, c'est ma voisine. — Alors ?…

GERMAINE

Alors, je me suis trompée de boutique.

FERNAND

Mais non. C'est une marchande de chapeaux.

GERMAINE, *soulagée :*

Ah ! Justement. *(Elle rit.)*… Oui, je suis modiste ! Justement ! Je me suis trompée de boutique. Excusez-moi, Monsieur, je suis désolée. Je m'en vais… Pardon, c'est plus fort que moi…

Elle rigole.

FERNAND

Eh bien, elle est raide !… Et elle s'en va ! Ah ça, c'est rigolo. Elle s'est trompée de boutique. Sacrée petite fille ! *(Il appelle.)* Bertrand ! — C'est ça qui va faire plaisir à Bertrand. Courez vite, ça va être fermé. Au revoir, mon petit. C'est des choses qui arrivent.

SCÈNE V

Fernand, Madame Séverin, Germaine, Bertrand.

Entre Madame Séverin.

FERNAND

Bonsoir, Madame Séverin[1].

MADAME SÉVERIN

Bonsoir, Monsieur Fort.

FERNAND, *à Germaine :*

Et tâchez de ne pas vous tromper de boutique, cette fois.

GERMAINE

Bonsoir, Monsieur.

Elle sort.

FERNAND

Jeunesse !...

MADAME SÉVERIN

Comme il fait nuit de bonne heure.

FERNAND

Ouin, ouin... l'automne.

MADAME SÉVERIN

Et le froid, hein ? Le froid. Cette petite, par exemple, sans un manteau sur le dos, en petite robe, en tutu presque. C'est la jeunesse, hein ? Oui. Eh bien moi je dis que c'est surtout comme ça qu'on devient vieux avant l'âge.

FERNAND

Devenir vieux, n'en parlez pas. Vous ne savez même pas ce que c'est.

MADAME SÉVERIN

Oh, non, je vous en prie, mon petit. Faudrait tout de même vous mettre dans la tête qu'il y a des fois, si je viens chez vous, c'est tout simplement parce que j'ai quelque chose à vous acheter. Qu'est-ce que c'était, déjà ? *(Elle cherche autour d'elle.)* Je ne la connais pas, cette petite ! D'où sort-elle ?

Elle cherche.

FERNAND

Je ne sais pas.

MADAME SÉVERIN, *elle trouve :*

… Un litre d'eau de Javel je voudrais. Ma bouteille.

FERNAND

Je ne vends plus d'eau de Javel. Figurez-vous qu'elle s'est trompée de boutique.

MADAME SÉVERIN

Un peu gourde, hein ?

FERNAND

C'est jeune. Elle est gentille. Elle allait chez vous, justement. Zut !

MADAME SÉVERIN

Elle vous l'a dit ?

FERNAND

Elle me l'a dit. Ça m'est sorti de la tête.

Un temps.

MADAME SÉVERIN

C'est un hamac ?...

FERNAND

C'est un hamac.

MADAME SÉVERIN

Et Bertrand ?

FERNAND

Sorti pour le moment. Au fait, qu'est-ce qu'on joue au cinéma ?

MADAME SÉVERIN

Hamlet[1].

FERNAND

Encore !

MADAME SÉVERIN

Tout ça. Alors l'eau de Javel, c'est fini ?

FERNAND

Pas intéressant, l'eau de Javel. — Ils nous embêtent avec leurs films qui durent des mois.

MADAME SÉVERIN

Le jour où vous trouverez quelque chose d'intéressant. Je vous l'ai dit : cédez votre pas de porte.

FERNAND

Non pas. Non pas. Le commerce, toujours.

MADAME SÉVERIN

Pas sérieux. Quand on a décidé de vendre quelque chose, il faut s'y tenir. Vous n'arrêtez pas de changer. Au début de l'année c'était la motocyclette. Bertrand et vous, ça avait l'air de vous plaire. Résultat : au mois de mars, fini la motocyclette, vous vous lancez dans la quincaillerie. Comment voulez-vous vous faire une clientèle stable ? Le client ne sait plus à quoi s'en tenir.

FERNAND

Il s'y fera.

MADAME SÉVERIN

Non, il ne s'y fera pas. La preuve, c'est que la prochaine fois que je voudrai de l'eau de Javel, moi qui suis pourtant votre amie, eh bien j'irai ailleurs.

FERNAND

Vous ferez bien, parce que l'eau de Javel, on lui a dit au revoir.

MADAME SÉVERIN

Libre à vous. À votre âge, on n'a plus de conseils à espérer. Seulement faudrait tout de même que ça ne vous empêche pas de me payer mon loyer, parce que la boutique, c'est moi la propriétaire.

FERNAND

On sait.

MADAME SÉVERIN

Et puis Bertrand. Vous ne vous rendez pas compte. À son âge, il faut apprendre à savoir ce qu'on veut. Eh bien, vous avez sur lui une très mauvaise influence.

FERNAND

Eh bien je n'ai plus du tout d'eau de Javel, si vous voulez que je vous dise.

MADAME SÉVERIN

Moi, je tiens le chapeau pour dames depuis bientôt quinze ans.

FERNAND

Ne vous en faites pas, Tantine, on ne le dira à personne.

MADAME SÉVERIN

Et où elle est, toute votre quincaillerie ? Qu'est-ce que vous en avez fait ?

FERNAND

Et en dehors de l'eau de Javel, Madame Séverin, en porcelaine, par exemple, rien ne vous manque ?

MADAME SÉVERIN

En porcelaine ?

FERNAND

Non ? Tant pis. Est-ce que vous nous restez à dîner ?

MADAME SÉVERIN

Vous me faites perdre la tête, je vous jure. — Si, une saucière, Yvette me l'a cassée.

FERNAND

Une saucière ? On vous la fera. Disons mercredi, en début d'après-midi. Ça vous va ?

MADAME SÉVERIN

Monsieur Fort ! Vous n'allez pas vous mettre à fabriquer de la porcelaine !

FERNAND

Comment ?

MADAME SÉVERIN

À votre âge !

FERNAND

Je ne fabrique pas…

MADAME SÉVERIN

Non ?

FERNAND

Je répare.

MADAME SÉVERIN

Tss !

FERNAND

Et alors, pour ce qui est de ma mauvaise influence, Tantine, faudra trouver autre chose, parce que c'est Bertrand qui l'a eue, l'idée. Enfin, l'idée ! non, il a su se débrouiller. Et ça, c'est tout de même une chose que je lui ai apprise : ouvrir l'œil et tomber sur l'occasion. Allez, Madame Séverin, vous pouvez être fière de votre petit Bertrand. Vous savez ce qu'il a fait, Bertrand ? La porcelaine, ça ne vous dit rien, à vous, la porcelaine. Eh bien, lui, Bertrand, il m'en a rapporté quarante caisses. Quarante caisses de débris. Un rude boulot, tout à coller, mais retenez bien ça : pour une bouchée de pain.

MADAME SÉVERIN

Des débris de porcelaine, quarante caisses, tout à coller.

FERNAND

Une bouchée de pain.

MADAME SÉVERIN

Une bouchée de pain. Et je suis sûre que vous ne savez même pas raccommoder la porcelaine !

FERNAND

On apprend ! Allons Tantine, jeune comme vous êtes, il me semble que vous devriez sentir ça : on apprend. Il suffit d'en avoir envie. C'est ce que je disais à cette petite…

MADAME SÉVERIN

Pauvre petite ! C'est vrai, il faut que j'y aille. Cette pauvre petite qui m'attend, et mes frites.

FERNAND

Attention, elle semble un peu gourde. C'est pour quoi ?

MADAME SÉVERIN

C'est à cause de l'automne. Je veux dire : le chapeau[1]. Vous ne pouvez pas savoir vous, toujours le chapeau ! Mais avec l'hiver, cette année, je ne sentirai plus mes doigts ! J'ai demandé une petite modiste, jeune.

FERNAND, *pensif et distrait :*

Très jeune. La vie est drôle. Pour un peu, elle faisait carrière dans la porcelaine. Bertrand voulait mettre une annonce. Puisque vous dînez avec nous, amenez-la, cette petite. *(Bertrand vient d'entrer, sa cuvette dans une main, son chapeau dans l'autre.)* Tiens, je te l'ai installé, ton hamac. Qu'est-ce que tu fais ?

BERTRAND

Bonsoir, Tantine. Comment va Yvette ?

MADAME SÉVERIN

Mon pauvre Bertrand. Comme si j'avais le cœur à te parler d'Yvette.

BERTRAND

Dommage. Eh bien quoi ? Vous voyez, patron : je lave mon chapeau.

FERNAND

Depuis le temps !

MADAME SÉVERIN

Laver un chapeau ! Quel malheur. Les hommes sont bien tous les mêmes. Bertrand, viens donc un peu ici que je te parle.

BERTRAND

Tout à l'heure. Pour le moment je suis pris. Ça se voit.

MADAME SÉVERIN

Comment elle s'appelle, cette petite ?

FERNAND

Germaine.

BERTRAND

J'ai une idée, patron.

FERNAND

On vous attend, Madame Séverin.

MADAME SÉVERIN

Oui, oui. Je vous apporte mon panier.

SCÈNE VI

Fernand, Bertrand.

Madame Séverin est sortie. Fernand Fort commence à mettre le couvert. Bertrand lave son chapeau.

FERNAND

Une idée, hein ?

BERTRAND

Oui.

FERNAND

À propos, est-ce qu'il reste du pain ?

BERTRAND

Rassis. Le boulanger de la rue des Trois-Moutons a fait faillite la semaine dernière. Aussi j'ai eu sa dernière fournée pour une…

FERNAND

Pour une bouchée de pain. Il n'y a pas de honte à dire ce qui est.

BERTRAND

Non. Mais c'est vraiment du pain rassis, patron, vous verrez.

FERNAND

La question grave, pour le moment, c'est la colle. Il nous faut beaucoup, beaucoup de colle.

BERTRAND

Vous avez vu la petite ?

FERNAND

Oui. *(Un plein tiroir de fourchettes lui échappe des mains. Il les ramasse.)* Ça, c'est des choses qui arrivent.

BERTRAND

Moi, la colle, la colle… la colle.

Il se met à siffloter.

FERNAND

Elle est commandée. Alors, Bertrand, ça ne va plus, la colle ?

BERTRAND

Vous auriez pu me prévenir, patron. D'autant que cette annonce, vous m'aviez dit que ce n'était pas la peine.

FERNAND, *éclatant d'un rire monosyllabique :*

Ha !

BERTRAND

C'est pas vrai ?

FERNAND

L'annonce, c'est pas toi, c'est pas moi. L'annonce, c'est Madame Séverin.

BERTRAND

Où elle est, Germaine ?

FERNAND

La petite ?

BERTRAND

Oui.

FERNAND

Dis-la toujours ton idée.

BERTRAND

La photo. Jette un coup d'œil sur mon tas de magazines.

FERNAND

Je la mets entre nous deux, hein ? Pour elle, la flûte à champagne, rappelle-toi.

BERTRAND

C'est pour dire que l'idée, elle était dans l'air. Et puis, brusquement, voilà Germaine qui entre. Alors l'idée, maintenant, je l'ai là.

FERNAND

La photo.

BERTRAND

Oui. Tu sais qu'on a là-haut un vieux kodak.

FERNAND

Va, va, lave ton chapeau.

BERTRAND

Rien qu'avec deux projecteurs, on pourrait faire.

FERNAND, *chante :*

« Naïves hirondelles, portez mes vœux vers elle… »

BERTRAND

On commencerait demain matin, si on voulait. On commencerait par le portrait. Pour la photographie proprement dite. Et puis la publicité. La photo en pied… j'ai des idées pour les bas. Il y a des choses à faire, côté lingerie. Des espèces de petits tableaux vivants. Et puis alors la photo de genre, pas ? On se lancerait dans le nu. Il ne risque pas de se racornir, sur le poêle ?

FERNAND

J'ignore, j'ignore.

BERTRAND

Tiens ! sur le hamac il sera bien.

FERNAND

Il faudrait envoyer un pneu pour décommander la colle.

BERTRAND

Ça sert toujours.

FERNAND

J'ai fini.

BERTRAND

Moi aussi.

En effet, le couvert est mis et le chapeau sèche, on s'assied.

FERNAND

Beau commerce, ça.

BERTRAND

Quoi ?

FERNAND

La photo.

BERTRAND

Il ne faut pas se faire d'illusions.

FERNAND

Il faut voir.

BERTRAND

Vraiment, il manque une ampoule, ici.

FERNAND

C'est presque un art, en plus.

BERTRAND

Il y a une douille. *(Il va y brancher une ampoule.)* C'est un art, patron.

FERNAND

Oh ! la porcelaine… la porcelaine…

BERTRAND

La barbe à la porcelaine.

FERNAND

On va avoir des ennuis avec Tantine.

BERTRAND

La barbe à Tantine.

FERNAND

Je dis ça pour Germaine.

BERTRAND *chantonne :*

« Naïves hirondelles… »

FERNAND

Je dis ça aussi pour les projecteurs.

BERTRAND

Plus d'argent, hein ?

FERNAND

Elle t'aime bien, tu sais.

BERTRAND

Germaine ?

FERNAND

Mais non, pas Germaine. Quel âge elle peut avoir, Madame Séverin ?

BERTRAND

C'est ma tante, calcule. C'est mieux, comme lumière, hein ?

FERNAND

Remarque, les chapeaux, ça se vend de moins en moins.

BERTRAND

Oui, oui, oui. Ça vous concerne, patron.

FERNAND

J'ai envie de me faire couper les cheveux en brosse. Qu'est-ce que tu en penses ?

BERTRAND

Non.

FERNAND

Alors, qu'est-ce que tu veux que je fasse !

BERTRAND

Faut pas faire des choses qu'il ne faut pas faire. J'ai faim, patron, j'ai faim.

FERNAND

Moi, je suis vieux. Les voilà.

SCÈNE VII

Bertrand, Fernand, Madame Séverin.

Avec un gros panier, Madame Séverin entre, suivie de Germaine.

BERTRAND et FERNAND

Bonsoir, Mesdames.

MADAME SÉVERIN

Bonsoir, mon panier, vous voulez dire. Entrez, mon petit. Ils ne sont pas méchants. Je vous présente Germaine.

FERNAND

On connaît. Posez ça là.

BERTRAND

Vous ici et vous là, moi ici et lui là-bas. — Alors, Germaine, on a trouvé ce qu'on voulait ?

FERNAND

Bertrand, la salière. Je vais chercher ce qui manque. Et le poivrier si tu veux.

Il va chercher le pain et le vin.

BERTRAND

Asseyez-vous. Si on mettait les paravents, pour faire plus intime.

MADAME SÉVERIN

Aidez-le, Germaine.

Ils installent les paravents.

BERTRAND

Ça vous étonne ? On ne fait pas ça, à Pontoise ?

MADAME SÉVERIN, *s'asseyant :*

Pontoise, on s'y ennuie peut-être moins que chez vous, mon pauvre ami.

FERNAND

Comme ça, on a l'impression d'être vraiment à l'intérieur de quelque chose. Et voilà votre chaise.

MADAME SÉVERIN

Eh bien, voyez-vous, mon petit, je suis tout de même fatiguée. On ne sait pas ce qu'il faut de force pour faire un simple petit chapeau.

BERTRAND

Faut reconnaître que c'est un sale métier.

MADAME SÉVERIN

C'est un métier, voilà tout. Eh bien, Bertrand, vous changez de place ?

BERTRAND

Oui, je me mets au bout.

MADAME SÉVERIN, *neutre :*

Il se met au bout.

BERTRAND

Regardez-la loucher sur votre panier : elle meurt de faim, cette enfant.

FERNAND *rentre :*

Touchez pas au panier ! Apéritif d'abord !

MADAME SÉVERIN, *aux deux hommes :*

Vous avez faim, vous ? Eh bien, vous n'avez pas le droit d'avoir faim, avec toutes vos journées passées à ne rien faire. Vous verrez, ma petite Germaine, quand vous aurez vos deux, trois chapeaux par jour dans les avant-bras, vous verrez, vous aurez peut-être moins faim.

BERTRAND

Qu'est-ce qu'il y a, dans votre panier, Tantine ?

MADAME SÉVERIN

Rien. Des tas de choses lourdes. J'en ai les bras morts. « Tantine », « Tantine » ! Nia-nia-nia !...

FERNAND

Attention, je débouche.

MADAME SÉVERIN

Alors, oui ou non, Mademoiselle, vous voulez travailler, ou vous ne voulez pas ?

GERMAINE

Mais oui, Madame, je veux. Je veux bien.

MADAME SÉVERIN

Parce que si c'est pour vous amuser, valait mieux rester à Pontoise. Les chapeaux, vous n'avez pas pu vous rendre compte dans le noir, mais ce n'est tout de même pas ma faute si ma nièce a fait sauter les plombs.

Bertrand apporte le poivre.

BERTRAND

Mais non, Tantine, ce n'est pas votre faute.

MADAME SÉVERIN

Un stock de huit cents chapeaux et quelques, il faut de la poigne. Et aussi beaucoup de tête.

BERTRAND

Il ne faut pas une tête par chapeau, tout de même, Tantine.

FERNAND

Et pour Mademoiselle Germaine, ce sera la flûte à champagne. Vous ne retirez pas votre manteau, Madame Séverin ?

MADAME SÉVERIN

Mon pauvre Fernand ! Où est-ce que je l'accrocherais ?

FERNAND

Buvez, ça va vous remonter.

MADAME SÉVERIN

Il y a des moments où on n'a pas envie de remonter.

BERTRAND

À votre santé, Germaine.

FERNAND

À la vôtre, Madame Séverin.

Ils boivent.

GERMAINE

C'est de l'eau de Javel.

FERNAND

Oui.

BERTRAND

Oui.

MADAME SÉVERIN

Oui.

FERNAND

Ça ne fait rien. Je vais en ouvrir une autre. C'est des choses qui arrivent.

MADAME SÉVERIN

Ça n'arrive pas partout.

BERTRAND

Au fond, Germaine, porcelaine, ça rime.

FERNAND

Mettez-le, mettez-le, mettez-le… Eh bien, remettons tout ça dans la bouteille.

Tandis qu'ils rembouteillent l'eau de Javel, la causerie va son train.

Vous devez savoir ça ? vous, Madame Séverin, combien ça peut coûter, un projecteur.

MADAME SÉVERIN

Un projecteur. Un projecteur pour la porcelaine.

FERNAND

Bertrand, combien tu crois ?

BERTRAND

Attends un peu. On ne peut pas tout savoir d'un seul coup. C'est joli, Pontoise ?

GERMAINE

Non.

BERTRAND

Porcelaine, Germaine. Dire que vous avez failli vous mettre dans la porcelaine, jeune comme vous êtes.

FERNAND

Mais non. Mademoiselle fait carrière dans le chapeau.

MADAME SÉVERIN

Dans le chapeau, oui ! Il n'a jamais été question de porcelaine pour cette pauvre petite, qui vient de perdre sa tante, et qui aura bien assez de mal à s'en sortir.

BERTRAND

Et là-dedans, montrez-nous voir un peu ce qu'il y a.

MADAME SÉVERIN

Et si un jour je vous laissais tomber pour le dîner, hein ? Moi aussi, j'aimerais bien qu'on m'apporte les choses toutes cuites.

BERTRAND

En voilà tout de même une tranche.

FERNAND, *rentrant :*

L'apéritif d'abord !

BERTRAND

Et la petite goutte dans ton verre, avant de servir les autres ?

FERNAND

On est chez soi. *(À Madame Séverin.)* Alors, ça ne vous fait pas plaisir ces petits dîners ? Au lieu de casser votre croûte toute seule dans vos chapeaux ? Tous les soirs, comme une vieille croûte ? — Allons !

MADAME SÉVERIN

Ah, non ! — Si vous n'avez pas d'autres verres, moi je ne bois pas dans ceux-là.

FERNAND

Aïe ! Est-ce qu'il reste des verres, Bertrand ?

BERTRAND

Je vais voir. C'est votre tranche que j'ai mise dans votre assiette, Germaine. Vous pouvez y aller.

Il sort.

FERNAND

Il va par là. Mais par là, il le sait bien, qu'il n'y a pas de verres. Seulement voilà, ça lui est sorti de la tête. C'est tout lui.

Il pose la bouteille et sort de l'autre côté.

MADAME SÉVERIN

Ah, vous êtes trop bêtes, tous les deux. Donnez-moi tout ça, je vais les laver.

Elle sort avec les verres. Les trois sorties se sont faites le temps de compter jusqu'à trois. Germaine reste seule. Elle sent bien que c'est le moment d'un monologue de mise au point, mais elle ne trouve rien à dire. Ils rentrent dans l'ordre. Ils ont des verres tous les trois.

SCÈNE VIII

Bertrand, Germaine, Fernand, Madame Séverin.

BERTRAND

Alors.. Trompée de boutique ?

GERMAINE

Oui. Comme ça. Je ne sais pas ce qui m'a pris. J'ai cru. Je suis entrée.

BERTRAND

Fallait pas ressortir… Hein, patron ? Avec quoi ça rime chapeau ?

FERNAND

Avec photo, non ?

BERTRAND

Alors !

MADAME SÉVERIN

Ah non, je vous en prie, Bertrand, ne recommencez pas à faire des mots d'esprit tous les deux ! Je n'y comprends rien, et puis je suis trop fatiguée, là ! Il y avait une flûte à champagne, c'est bien simple, moi qui ne casse rien d'habitude, je l'ai cassée.

FERNAND

Ça ne fait rien. Il n'y en avait qu'une. À votre santé.

BERTRAND

Et puis ce n'était pas vraiment un mot d'esprit.

Il chante : « Et dans ses pinces les pervenches — Se sont fanées sur leurs tuteurs. »

FERNAND

C'est pas comme si c'était une flûte dans un service de flûtes. Allez, hop !

MADAME SÉVERIN

Vous buvez trop vite ! trop vite. Et moi, jamais je ne mangerai tout ça, y en a trop.

FERNAND

Une tranche, c'est une tranche.

BERTRAND

Cornichons…

MADAME SÉVERIN

Une tranche, c'est une tranche, jusqu'au jour où on a la vésicule qui éclate ! Alors, on apprend à faire des différences.

FERNAND, *dont le couteau se plie :*

Qui est-ce qui m'a fabriqué un couteau pareil ?

BERTRAND

Fais voir.

MADAME SÉVERIN, *à Germaine :*

Vous n'avez jamais vu un couteau ? Allez, mangez, et ne vous occupez pas d'eux. Les couteaux ! et les photos, et les chapeaux, et toutes leurs petites gamineries.

FERNAND

Eh bien buvez, Germaine !

BERTRAND

Ça va pas, hein, Tantine ? C'est le cœur qui ne va pas ?

MADAME SÉVERIN

Non. Ce n'est pas le cœur. Ni le foie, ni les reins. Tout ça va parfaitement. Jamais je ne me suis sentie aussi jeune. C'est autre chose qui ne va pas.

BERTRAND

Ce qui ne va pas, c'est vous, non ?

FERNAND

Ne dis pas de bêtises.

MADAME SÉVERIN

Et si je mourais, là, tout d'un coup ?

FERNAND

Ouais, ouais.

BERTRAND

Un cornichon.

MADAME SÉVERIN

C'est des choses qui arrivent !

FERNAND

Si vous mouriez, Tantine, je me demande ce qu'on deviendrait, nous autres célibataires.

MADAME SÉVERIN

Mais oui, mais oui. Parle toujours.

BERTRAND

Un cornichon.

MADAME SÉVERIN

Les pommes frites, je voudrais bien. Si ça ne vous prive pas trop.

FERNAND

Minute.

BERTRAND

Un cornichon.

FERNAND

Vous ne mangez pas, Germaine ?

BERTRAND

Et un cornichon pour bibi.

MADAME SÉVERIN *aux hommes :*

Parce que je vois bien où vous voulez en venir. Je ne suis pas sotte, allez.

FERNAND

Bah, bah, bah.

Il fredonne.

MADAME SÉVERIN, *à Germaine :*

Mais vous auriez tort de vous laisser faire, ma petite. Chez moi, c'est du sûr, et d'ici que je meure, ils n'y penseront plus depuis longtemps.

BERTRAND

À quoi ?

MADAME SÉVERIN

À faire de la photo, mon petit ! Je vous connais.

BERTRAND, *arrangeant ·*

Elle est très forte.

FERNAND, *tout différent :*

Mais c'est vous, Madame Séverin, c'est vous qui nous dites que vous allez mourir !

BERTRAND

Allez, allez, patron.

FERNAND

Oui, eh bien moi, si vous mourez, cette petite, elle sera sur le carreau, non ?

MADAME SÉVERIN

Je voudrais du pain.

FERNAND

Et elle voudra du pain.

BERTRAND

Ah, zut, zut, zut.

FERNAND

Qu'est-ce qu'il y a ?

BERTRAND

J'ai oublié de réparer mon side-car.

MADAME SÉVERIN

Et puis, je ne connais pas Germaine, mais je sais bien que ce n'est pas le genre de tout le monde, ça, de se faire photographier pour de l'argent.

BERTRAND, *à soi-même :*

Andouille, andouille, andouille.

FERNAND, *qui essaye de couper le pain :*

Pour une bouchée de pain, oui !

MADAME SÉVERIN

Qu'est-ce que vous en pensez, Germaine ? Tenez, ça me rappelle un jour au bord de la Marne. Je ne peux pas vous la raconter, mais…

BERTRAND

Ah, il faut que j'y aille. Tant pis.

Il se lève.

MADAME SÉVERIN

Où allez-vous ?

BERTRAND

Je vais réparer mon side-car.

FERNAND

La barbe, la barbe, la barbe ! Vous feriez pas un geste ! Je peux pas le couper, là !

MADAME SÉVERIN

Je pense bien, rassis comme il est.

FERNAND

Bertrand, nom d'un tonnerre ! Va me chercher un objet qui coupe ! Mais qui coupe, là ! Qui coupe vraiment !

BERTRAND

Et allez-y ! naturellement ! ah ! je vous jure ! Le pain ! mais quand c'est que tu veux que je le répare, mon side-car ? Moi, le pain ! Non, mais, vous l'entendez ? C'est pas toi qui vas me le réparer, non ? Mon side-car, le pain ! non ! Seulement moi, si je le répare pas maintenant, je le réparerai jamais !

FERNAND

Le side-car ! Bon. Eh bien, on mangera pas de pain. Oh là là ! Si tu savais ce que ça m'est égal !

BERTRAND

Et voilà. *(Il chante une bribe de « Naïves hirondelles », puis souffle, et reprend.)* Écoutez, Madame Séverin, Fernand et moi, on s'entend bien, hein ? Eh bien, je vous jure que ce n'est pas drôle tous les jours.

Il s'est rassis et mange.

SCÈNE IX

Fernand, Bertrand, Madame Séverin, Germaine.

FERNAND

Mais non, Bertrand. Va le réparer, ton side-car.

BERTRAND

Pour ce que j'y tiens.

MADAME SÉVERIN

Alors Germaine, vous dites que vous avez de la famille au bord de la Marne ?

GERMAINE

Non, Madame, pas du tout.

FERNAND, *amer :*

Ha ! — pas du tout ! — Je l'ai entendu.

BERTRAND

Mal !

FERNAND

Quoi, mal ?

BERTRAND

Tu as mal entendu. C'est moi qui ai dit que je voulais l'emmener au bord de la Marne. Avec mon side-car. *(À Germaine.)* C'est pas vrai, vous ?

FERNAND

M'étonne pas.

MADAME SÉVERIN

C'est bien possible, oui. La mémoire ! Tout ça… C'est triste de devenir vieux comme ça, vous savez.

FERNAND

C'est pas très gai, non.

MADAME SÉVERIN

Surtout quand on n'a personne.

FERNAND

Surtout quand on n'a personne.

Silence pesant.

MADAME SÉVERIN

J'aurais une fille, elle m'aiderait.

FERNAND

Vous avez un neveu, vous.

MADAME SÉVERIN

Belle jambe.

FERNAND

Moi, j'ai même pas ça.

BERTRAND *recommence :*

Toujours du rond, hein, votre rosbif, Madame Séverin.

MADAME SÉVERIN

Si ça vous plaît pas.

BERTRAND

Votre boucher, en dehors du rond, pour le bœuf, il connaît que ça : le rond. Toujours du rond.

FERNAND

Il y a rond et rond.

BERTRAND

Comment tu dis ?

FERNAND

Je dis qu'il y a rond et rond.

BERTRAND

Petit patapon.

Germaine étouffe dans ses mains un long fou rire.

FERNAND

Un gosse, je vous dis.

MADAME SÉVERIN

C'est bien à vous de dire ça.

FERNAND

Mais oui, mais oui, Madame Séverin. Je suis vieux, moi.

MADAME SÉVERIN

Qu'est-ce que vous voulez que ça me fasse.

FERNAND

Parce que vous, naturellement, maintenant que je vous dis que je suis vieux, c'est fini les lamentations. Vous ne vous sentez plus vieille du tout.

MADAME SÉVERIN

Et après ? Je le sais bien, que je suis vieille, allez.

FERNAND

Mais non, Madame Séverin, faut voir les choses autrement. C'est pas vous qui êtes vieille, c'est eux qui sont jeunes !

MADAME SÉVERIN

Ça va durer longtemps, la rigolade ?

GERMAINE, *se maîtrisant*

Oui, Madame.

FERNAND

Alors : à la gaieté.

Il boit.

MADAME SÉVERIN

Et tout ça, tout ça pour des chapeaux ! vraiment, quand on pense ! Avoir passé toute une vie ! une vie de femme ! vous m'auriez vue quand j'étais jeune ! à tortiller de la paille et des fleurs, des rubans et des feutres ! Et pour quoi ? Pour des riens ! car vraiment, vraiment, les chapeaux ! Est-ce que les femmes ne pourraient pas s'en passer ? car vraiment, les chapeaux ! à quoi ça sert ? sur la tête.

BERTRAND

Cornichons ?

FERNAND

C'est pour ça qu'il faut se dépêcher quand on est jeune.

MADAME SÉVERIN

Se dépêcher, ah là là ! je ne demanderais pas mieux.

BERTRAND

Cornichon !

FERNAND

C'est surtout pour Bertrand que je parle.

BERTRAND

Je suis assez grand pour parler tout seul.

FERNAND

Tu as tort, Bertrand. C'est à toi que je pense. C'est pas à moi ! C'est pas pour moi que j'y pense, au matériel qui manque. Et quand je dis qu'il faut se dépêcher quand on est jeune, c'est pas à moi que je pense.

BERTRAND

Tu devrais, parce que moi, je suis fatigué... j'ai pas envie de me dépêcher. Si je me dépêche, ça sera un autre jour... Cornichon...

MADAME SÉVERIN *se gausse :*

Fatigué ! on est fatigué à cet âge-là !

FERNAND

Et alors ? C'est pas de sa faute, à ce petit, s'il n'a pas de quoi !

BERTRAND, *tolérant :*

Comment, j'ai pas de quoi !

FERNAND

Non… t'as pas de quoi te lancer dans la vie… Quand on n'a pas des parents derrière soi, qui ont accumulé des réserves, il faut du temps pour démarrer, et le temps, Madame Séverin, le temps ça fait devenir vieux ! Alors que par ailleurs y a des vieux qui ont des réserves, et qui ne savent pas quoi en faire, et qui en sont malades, et qui feraient pas un geste !

MADAME SÉVERIN

Qui est-ce qui ferait pas un geste ?

FERNAND

Pas un geste, ils feraient.

Il se verse à boire.

MADAME SÉVERIN

J'ai soif.

FERNAND

Pas un geste.

Il lui verse à boire.

MADAME SÉVERIN, *soudain sur son quant-à-soi et après avoir réfléchi sur ce qui se passe :*

Bertrand !… écoutez, Germaine, il y a quelque chose qu'il faut que je dise, parce qu'il faut que la situation soit nette. Ah !

La table s'effondre[1].

SCÈNE X

Bertrand, Fernand, Germaine.

BERTRAND

Ben comme ça, elle est nette la situation.

FERNAND

Ha ! Z'avez vu ?… Ha !

Il rigole longuement.

BERTRAND, *à Germaine :*

Vous aviez fini ?

GERMAINE

Presque… j'en ai encore dans la bouche.

BERTRAND

Fernand ! je ne rigole pas ! Qu'est-ce que ça veut dire ?

FERNAND

Tu es drôle, toi ! Ça veut dire, ça veut dire… Ça veut rien dire du tout. C'est la table qui est tombée.

BERTRAND

Pourquoi, elle est tombée ?

FERNAND

Parce que c'est des choses qui arrivent.

BERTRAND

Pas vrai. J'avais attaché le pied qui se détache. Je l'avais attaché avec une corde. Où est la corde ?

FERNAND

Y avait une corde, en effet. Tu fais bien de me le dire. Y avait une corde, mais y avait aussi un hamac. Et c'est parce qu'il y avait un hamac qu'il n'y a plus de corde, vu que cette corde, il a bien fallu que je la prenne pour te l'installer, ton hamac !

BERTRAND

Et ça ! *(Il prend sur la table la ficelle qu'il rembobinait au début de l'action.)* C'est pas une corde, ça ? Exprès je l'avais rembobinée, exprès !

FERNAND

J'appelle pas ça une corde, j'appelle ça une ficelle ! Elle aurait cassé tout de suite, ta ficelle !

BERTRAND

T'avais pas à t'occuper de mon hamac !

FERNAND

Alors, t'avais qu'à t'en occuper toi-même !

Un temps. Ils renoncent et se détournent l'un de l'autre.

GERMAINE

Oh !…

BERTRAND et FERNAND

Quoi ?

GERMAINE

Là. Elle… qu'est-ce qu'elle a ?

FERNAND

Ça a l'air d'être une syncope.

BERTRAND

Oui.

FERNAND

C'est des choses qui arrivent.

GERMAINE

Ce serait bien ma veine. Moi qui viens de perdre la mienne.

BERTRAND

La vôtre… quelle vôtre ?

GERMAINE

De Tantine, à Pontoise.

FERNAND

Hé ! Tantine !

BERTRAND, *bas, mais avec animation :*

D'autant que le hamac, tu comprends, moi je l'avais mis là pour si j'en avais besoin. Mais j'en ai pas besoin, vu que Mademoiselle, puisque Mademoiselle travaille dans le chapeau, elle va pas coucher là, je suppose.

FERNAND

T'avais pas l'intention de faire coucher Germaine dans un hamac, tout de même.

BERTRAND

Non, figure-toi. C'est moi qui aurais couché dans le hamac. Et vous pouvez être tranquille, Mademoiselle, dans mon lit il y aurait eu des draps propres.

GERMAINE

Je ne sais pas si je dois…

BERTRAND

C'est comme ça que je suis.

FERNAND

Qu'est-ce qu'il faut faire ?

BERTRAND

Tu n'as pas un produit ?

FERNAND

Un produit ?

BERTRAND

Pour les syncopes.

FERNAND

Non.

GERMAINE

On pourrait peut-être aller chercher un docteur.

FERNAND

Oui, peut-être.

BERTRAND

Oui, il faudrait… *(À Germaine.)* Qu'est-ce qu'on fait ?

SCÈNE XI

Madame Séverin, Bertrand, Fernand, Germaine.

MADAME SÉVERIN

Je me demande combien ça pourrait coûter, de faire installer chez moi un appareil à douches ?

BERTRAND

Voilà !

FERNAND

Ça dépend du degré de confort.

BERTRAND

C'est comme ça qu'elle est !

MADAME SÉVERIN

Moins cher qu'une baignoire, hein ?

FERNAND

Ouais, sûrement.

BERTRAND, *à Germaine qui s'est caché le visage dans les mains :*

Vous n'allez pas pleurer pour ça, non ?

MADAME SÉVERIN

Parce que ça me manque.

FERNAND

Viens m'aider, Bertrand, qu'on finisse de dîner.

BERTRAND

Oui, oui.

Ils réinstallent la table.

MADAME SÉVERIN

Tenez, voilà ce que vous devriez faire, vous deux, au lieu de chercher : l'installation sanitaire.

FERNAND

Pas bête. Qu'est-ce que tu en penses, Bertrand ?

Germaine a toujours la tête dans les mains.

BERTRAND

Oui, oui.

FERNAND

On appellerait ça : « Tout pour l'hygiène. »

BERTRAND

Tout pour l'hygiène !

MADAME SÉVERIN

Et je vous jure bien que du coup, je vous subventionne. Je vends mes chapeaux.

FERNAND, *solitaire :*

Pas bête. La douche en tout genre. D'abord la douche proprement dite. Et puis la douche publique. La douche en commun. Y a sûrement des choses à faire du côté publicité. Des espèces de petits tableaux vivants. Et puis la douche mondaine, pas ? La douche à l'huile. La douche à air comprimé. C'est beau la douche. Qu'est-ce que tu en penses ?

BERTRAND

On pourrait aussi fabriquer des automobiles.

FERNAND, *donnant la raison de son agressivité :*

Tu m'ennuies, tu m'ennuies ! Qu'est-ce que tu as ?

BERTRAND

Je ne sais pas, je suis triste.

FERNAND

Allez, allez, à table !

BERTRAND

Mais non, pas à table ! On a fini ! Qu'est-ce que tout ça !

FERNAND

Quoi, qu'est-ce que c'est ?

BERTRAND

C'est l'eau de Javel, et puis c'est la porcelaine, et puis c'est la photographie, et avant même que ce soit vraiment la photographie… Mais moi, là-dedans, qu'est-ce que je deviens ?

GERMAINE

Ben, et moi ?

BERTRAND

Et elle, qu'est-ce qu'elle devient, Germaine ? Allez, mangez-la, votre banane, toutes les deux.

FERNAND

Bon. Moi, ce que j'en dis… *(Il se lève. Tragique.)* Question de tempérament. Mais personnellement, je sais bien que ça me plairait, de prendre une douche de temps en temps.

MADAME SÉVERIN

Mais non ! On n'en parle plus. Seulement, écoutez-moi, Germaine, c'est peut-être idiot, l'hygiène. Mais il y a une chose qu'il faut bien vous mettre dans la tête…

BERTRAND

Où tu vas ?

FERNAND

J'ai entendu du bruit derrière le paravent.

Germaine pousse un cri…

BERTRAND

Criez pas comme ça, vous.

MADAME SÉVERIN

Qu'est-ce que c'est ?

FERNAND

C'est peut-être quelqu'un.

BERTRAND

Entrez ! — Parce que faut pas s'affoler, pour ce qui est de rimer, hygiène et Germaine, ça rime tout ce qu'il y a de bien.

FERNAND

Si tu cries : « Entrez », c'est vraiment pas la peine que je me dérange.

BERTRAND

Ben, te dérange pas. Entrez, Monsieur.

MADAME SÉVERIN

Comment vous savez que c'est un monsieur ?

BERTRAND

Je ne vais pas lui dire : entrez Madame, puisque je ne sais pas si c'est une dame.

FERNAND

Entrez messieurs-dames !

MADAME SÉVERIN

« Hygiène, Germaine !... »

BERTRAND

Ben, entrez, quoi !

FERNAND

J'y vais.

Il disparaît derrière les paravents.

MADAME SÉVERIN

Mais la chose qu'il faudrait que je vous dise, Germaine…

BERTRAND

Taisez-vous qu'on entende.

GERMAINE

Qu'est-ce qui se passe ?

BERTRAND

Bah !… Dis donc Fernand, tu manges pas ta banane ?

Fernand rentre.

MADAME SÉVERIN

Alors ?

FERNAND

Alors quoi ?

MADAME SÉVERIN

Ben, qu'est-ce que c'était ?

FERNAND

Ah, derrière le paravent ? Y avait rien.

BERTRAND

Fernand, tu la veux pas ?

FERNAND

T'es pas fou, non !

BERTRAND

Alors, ne la laisse pas traîner.

MADAME SÉVERIN

Pourtant moi aussi, il m'avait bien semblé avoir entendu : crac !

FERNAND

Oui. Oh, pas très fort, m'enfin ça avait fait crac.

BERTRAND, *déjà sarcastique :*

Si on le pliait ?

MADAME SÉVERIN

Quoi donc ?

BERTRAND

Le paravent.

FERNAND

Oh, on sera bien avancé.

BERTRAND

Comme ça, on sera tranquille.

MADAME SÉVERIN

Alors, écoutez-moi bien, Germaine…

BERTRAND *plie le paravent :*

Ah là là ! y a des moments, ce que vous pouvez me fatiguer tous les deux !

GERMAINE

Vous voulez que je vous aide ?

Elle se lève.

MADAME SÉVERIN

Germaine ! restez assise ! *(Elle frappe sur la table qui s'écroule de nouveau.)* Ça m'est égal ! laissez ça par terre ! Quand j'ai quelque chose à dire, je veux qu'on m'écoute ! À la fin ! *(Un silence. Bertrand fredonne :* « Naïves hirondelles. »*)* Bertrand !

FERNAND

Vous fâchez pas, Madame Séverin…

MADAME SÉVERIN

Espèce de sale petit mioche, c'est pas parce que j'ai encore la douleur dans le doigt d'une aiguille que c'est avec ma machine que je te l'ai cousu ton premier pantalon long que tu vas m'empêcher de le dire, ce qu'il faut que je dise, parce que moi, mes chapeaux j'en ai par-dessus la tête ! Par-dessus la tête, voilà ! Surtout quand vous avez l'air de croire que tout ça, c'est pour s'amuser et que je rigole bien avec mes chapeaux ! Comme si on rigolait avec des chapeaux !… Andouilles !

Elle pleure.

BERTRAND

Allons bon.

FERNAND

Écoutez, Tantine, nous, on veut bien, mais qu'est-ce que ça veut dire tout ça ?

MADAME SÉVERIN

C'est pas à vous que je parle ! Écoutez-moi bien, Germaine ! Mes chapeaux c'est oui ou c'est non ! Et retenez bien une chose, c'est que si vous ne voulez pas de mes chapeaux, c'est pas seulement les chapeaux qui vous filent sous le nez ! C'est le fonds ! Et quand je dis le fonds, c'est le fonds que je dis ! Parce que après ce qu'elle m'a fait Yvette, eh bien mon testament, vous savez à qui il revient, mon fonds, Bertrand ? Z'avez pas une idée, hein ? Pauvre bambin, va ! Et mon fonds c'est pas par 50 centimes que ça s'évalue, hein ? C'est avec pas mal de zéros après le 8 ! oui, le 8 ! Eh bien vous ne le savez pas, à qui tout ça reviendra, Germaine, si vous faites des chichis ? hein ?

FERNAND

Pas possible…

BERTRAND

Quoi, j'ai pas compris.

MADAME SÉVERIN

Eh ben, répondez, Germaine !

GERMAINE

Mais Madame, je ne sais pas, moi, j'arrive de Pontoise, je me suis trompée de boutique… Alors si vous vous mettez à crier comme ça, ah non ! non ! moi, je m'en vais !

MADAME SÉVERIN

Quand je pense ! Cette espece de petit ridicule garnement, cette espèce de traîne-culotte. Parce que je t'ai vu, parce que je t'ai mouché oui, et plus que ça, quand tu avais la varicelle, oui, la varicelle et toutes tes sales petites maladies de petit mioche !…

BERTRAND

Qu'est-ce que je vous demande ? Qui est-ce qui demande ici quelque chose à quelqu'un ? Qu'est-ce que c'est que ce déluge de paroles d'andouille ! La varicelle, je l'ai eue, on ne l'a pas deux fois, qui est-ce qui vient me reparler de la varicelle ! Tantine ! Si c'est vraiment pour me dédommager de toutes mes varicelles de petit mioche que vous voulez me les donner, Tantine, vos 8 ou 80 ou vos 800 000, ou vos 8 millions, c'est bien, Tantine, donnez-les-moi ! Si ça vous fait plaisir de me les donner à moi ! Mais ça, ce n'est pas pour ça qu'il faut faire des grands gestes, parce que moi, Tantine, moi, je ne vous demande rien !

FERNAND

Bertrand tu as tort !

MADAME SÉVERIN

Eh bien si tu ne me demandes rien, petit voyou t'auras rien !

FERNAND

Mais si.

MADAME SÉVERIN

Rien !

FERNAND

Tantine ! Rien que de quoi s'acheter une paire de projecteurs.

MADAME SÉVERIN

Hein ?

FERNAND, *à Bertrand pour le mettre en garde :*

Tais-toi donc !

BERTRAND

Pour les projecteurs, c'est tout de suite ! C'est pas quand elle sera morte ! Quand vous serez morte, Tantine, moi, je ne sais pas ce que je serai, je serai peut-être mort aussi, et alors vos 8 millions vous pourrez vous les mettre où je pense !

MADAME SÉVERIN

Voyou !

BERTRAND

Votre testament, vos chapeaux, qu'est-ce que j'en ai à faire ! C'est pour Mademoiselle ! Mademoiselle, je vous en fais cadeau ! Et pour le reste, je ne demande rien à personne ! Et pour ce qui est de faire des chichis, c'est pas à Germaine qu'il faut faire la leçon, Tantine ! Y a qu'à vous regarder !

MADAME SÉVERIN

Dites-lui quelque chose ou je m'en vais.

FERNAND

Bertrand, je t'en prie, viens ramasser la table.

BERTRAND, *froid :*

Assez. Taisez-vous. D'ailleurs, je vais réparer mon side-car. C'est bien simple. Je vais réparer mon side-car.

Il va pour sortir, mais le paravent qu'il vient de lâcher bascule et tombe sur la tête de Madame Séverin.

SCÈNE XII

Germaine, Fernand, Bertrand.

GERMAINE

Oh !

FERNAND

Bertrand ! Ah, ça devait arriver, ça ! ça devait arriver !

Il s'écarte du paravent et de Madame Séverin.

BERTRAND

Faut pas qu'on m'embête, voilà tout.

GERMAINE

Oh là là…

Elle défaille. Peut-être parce qu'elle a reçu à son tour une partie du paravent que Fernand a remis debout mais qui est retombé aussitôt.

BERTRAND

Vous ne me connaissez pas, Germaine. Je ne suis pas comme ça d'habitude.

Il s'occupe d'elle avec une attention que son cas ne nécessite pas.

FERNAND

Il n'est pas comme ça d'habitude, Tantine, faut pas lui en vouloir.

BERTRAND

Vous verrez, demain je vous emmène aux bords de la Marne, en side-car, vous voulez bien ?

FERNAND

Hé, Tantine, faites pas la mauvaise tête…

GERMAINE

Je ne sais pas, c'est pas dimanche.

BERTRAND

Je vous prendrai en photo.

FERNAND

Bertrand !

BERTRAND

Je suis pas comme ça d'habitude.

FERNAND

Bertrand, quoi ? *(À part.)* Le hamac ! Le hamac ! Bonne idée le hamac ! *(Il transporte Madame Séverin vers le hamac.)* Bertrand !

BERTRAND

C'est ça, le hamac… Venez, Germaine, venez vous reposer dans le hamac…

GERMAINE

Non…

FERNAND, *ils portent chacun une femme dans leurs bras :*

Mufle ! Sale petit mufle !

BERTRAND

Quoi ? Quoi ? Quoi ?

FERNAND

T'es pas comme ça d'habitude, hein ? Ah non, ça, tu peux le dire, que t'es pas comme ça d'habitude. Ah non !

BERTRAND

Eh ben, Fernand ? Quoi ? Qu'est-ce qu'il y a ?

FERNAND

Rien ! Ça va bien. Tu peux la reposer par terre.

Il installe Madame Séverin dans le hamac.

BERTRAND

Germaine ! Ça va pas ? Qu'est-ce que vous voulez que je fasse ?

FERNAND

Pose-la par terre ! Elle t'a rien fait, cette petite, tu penses qu'à ça ! Lâche cette petite !

BERTRAND

Mais non, mais non, on va s'asseoir…

Il s'assied, Germaine sur ses genoux.

FERNAND

Ah, elle est belle, la boutique, oui… À quoi ça ressemble, tout ça ?…

BERTRAND

On s'y habituera, Fernand, je t'en prie…

FERNAND

Quoi ?

BERTRAND

Je veux dire : on la rangera, la boutique.

FERNAND

Un jour je m'en irai.

BERTRAND

Où ça, Fernand ?

FERNAND

D'ici, je m'en irai.

BERTRAND

Où ?

FERNAND

D'ici. Qu'est-ce que vous voulez que je fasse ici, moi ?

BERTRAND

Ce qu'on veut que tu fasses ici, bougre de fainéant ' Et la photo, alors !

FERNAND

Et la pellicule, bougre de rien du tout !

BERTRAND

Laisse-moi causer avec Germaine.

FERNAND

Avec quoi on l'achètera, la pellicule ? Je n'ai même plus rien pour m'asseoir.

GERMAINE, *se levant :*

Asseyez-vous, Monsieur.

FERNAND

Je n'ai même plus envie de m'asseoir.

BERTRAND

Mais qu'est-ce qui m'a fabriqué une andouille pareille !

FERNAND

Un jour, tu auras des remords de m'avoir parlé durement.

BERTRAND

Quoi, c'est pas vrai, Germaine ?

FERNAND

En attendant, je vais chercher du vinaigre. Je vais m'efforcer de retrouver la bouteille de vinaigre. Oui, de vinaigre.

Il sort.

SCÈNE XIII

Bertrand, Germaine.

BERTRAND

Fernand ! Ben quoi, Fernand, oh, là, là, là, là, là, là !... Quelle vie. Je ne sais plus, moi, c'est bien simple, je ne sais plus.

GERMAINE

Vraiment, c'est une drôle de ville, Paris.

BERTRAND

Quoi ? Mais non, c'est partout pareil. On est fatigué, fatigué.

GERMAINE

Vous devriez allez vous coucher.

BERTRAND

Ah oui ! On va aller se coucher, hein ? Et demain matin, qui est-ce qui se réveillera ? Nous ! comme d'habitude, on se réveillera. *(Appelant.)* Fernand ! — Non, ce qu'il y a, c'est que..., ce qu'il y a, savez-vous ce que c'est, Mademoiselle ? Ce qu'il y a, c'est qu'on ne sait pas ce qu'on veut. On ne sait pas ce qu'on veut.

GERMAINE

Oui.

BERTRAND

Quoi, oui ? C'est pas vrai, ce que je dis ? Pas besoin d'aller chercher loin, tenez, vous ! Vous, par exemple, qu'est-ce que vous voulez ? Hein !

GERMAINE

Je ne sais pas.

BERTRAND

Est-ce qu'on vous a déjà photographiée, seulement ?

GERMAINE

Un peu.

BERTRAND

Oui. Un peu. Mais ce n'est pas votre métier. Vous vous êtes fait photographier comme ça, comme tout le monde, seulement quand il s'agit de se faire photographier sérieusement, c'est fini, plus personne. Tant que ça ne donne pas de mal, tout le monde veut bien, oh ça ! On en trouve plus qu'il n'en faut. C'est comme pour l'amour : Mademoiselle, est-ce que je peux vous passer la main, mais oui, Monsieur, comment donc, et allez-y, pour les pattes en l'air il y en a, on est tout sucre et tout miel ! Seulement après, quand il s'agit de s'occuper des marmots qui viennent, et des varicelles, et de faire le ménage et de faire la vaisselle, ha ! « Mais c'est que ce n'est plus du tout ça, ce n'est pas ça que je voulais, si j'avais su, et patati et patata », plus personne ! Eh bien moi, j'en ai assez ! Là ! Si vous voulez vous faire photographier, il faudra vous adresser ailleurs, ma petite ! Moi, c'est fini, je tire le rideau, les bouts de chiffons j'en veux plus ! Allez-vous-en !

Et puis ne pleurez pas comme ça ! Mais qu'est-ce que j'ai fait au bon Dieu ! Enfin quoi, je n'ai rien demandé, moi ! Je suis là, je n'arrête pas d'aller à droite et à gauche pour me rendre utile, je ne peux pas rester une minute à ne rien faire, regardez-moi cette ampoule, qui est-ce qui m'obligeait à la mettre là, cette ampoule ? Hein ? Personne. Alors. Ce n'est pas pour ça que je pleure.

… Allez, allez, ne pleurez plus. Ah non, ce n'est pas drôle tous les jours, je sais bien. Même quand on a du caractère, même quand on a de l'ambition. Ça ne suffit pas d'avoir de l'ambition, comme ça. Il faudrait savoir ce qu'on veut. Ah, là, là ! Si je savais ce que je voulais !… On croit qu'on veut, et puis ça s'en va. Vous croyez que je veux faire de la photo, vous ? La photo ! la photo… eh bien ça m'est égal la photo, voilà.

GERMAINE

Non, ça ne vous est pas égal la photo !

BERTRAND

Ah non ?

GERMAINE

Non, ça ne vous est pas égal, la photo ! Vous dites ça, vous dites ça pour me faire pleurer !

BERTRAND

Vous croyez.

GERMAINE

Si je vous disais que je veux bien en faire avec vous de la photo, vous ne diriez pas ça…

BERTRAND

Vous ?

GERMAINE

Mais je veux bien, moi ! Je veux bien faire de la photo avec vous !

BERTRAND

Ce n'est pas vrai.

GERMAINE

Si ! oh si ! Alors !

BERTRAND

Je ne sais plus où j'en suis, moi ! Pourquoi voulez-vous faire de la photo avec moi ?

GERMAINE

Je ne sais pas. Je ne sais pas du tout.

BERTRAND, *inquiet :*

Ah, ah !

GERMAINE

Le ménage aussi, la vaisselle aussi !…

BERTRAND

Faut pas s'exalter comme ça, Germaine.

GERMAINE

Oh moi, quand je pleure, je ne sais pas ce que je ferais…

BERTRAND

D'abord, on n'a pas la pellicule.

GERMAINE

On en achètera.

BERTRAND

On n'a pas d'argent.

GERMAINE

On en demandera à Tantine.

BERTRAND

Et si Tantine veut pas ?

GERMAINE

Tant pis si elle veut pas. Il suffit qu'on veuille !

BERTRAND

Oh, Germaine !

GERMAINE

Oh, Bertrand, qu'est-ce que j'ai dit ? — Oh, qu'est-ce que j'ai dit !

BERTRAND

Ben, j'en sais rien, moi… Qu'est-ce que vous avez dit ?

GERMAINE

Je vous ai appelé Bertrand !

BERTRAND

C'est la première fois que quelqu'un qui s'appelle Germaine m'appelle Bertrand.

GERMAINE, *considérant la situation :*

Oh, quelle barbe !

Elle s'enfuit dans le désarroi. Entre Fernand.

SCÈNE XIV

Fernand, Bertrand, Madame Séverin.

FERNAND

Voilà le vinaigre. Eh bien ! Bonsoir quand même ! Ce que j'en ai marre ! Ah, je dois être coquet, moi, avec mon verre de vinaigre. Hé ! Madame Séverin ! *(À la boutique.)* Tu te rends compte ! Qu'est-ce que tu veux que j'en fasse.

BERTRAND

Patron, vous savez… Cette petite, elle file un mauvais coton.

FERNAND

Ah, elle est belle, ma boutique.

BERTRAND

Vous savez ce qu'elle veut faire ?

FERNAND

Non.

BERTRAND

Bon, tu vas pas rester là avec ton vinaigre. Verse-lui-en un peu sur la tête.

FERNAND

Mais oui…

BERTRAND

Elle veut faire de la photo.

FERNAND

Ah !

BERTRAND

Oui. Ben mon vieux ! C'est ça que tu appelles un nœud ?

FERNAND

J'ai jamais su faire les nœuds qui tiennent.

BERTRAND

Pas prudent. Tu la vois, en photo, toi, Germaine ?

FERNAND

Vaudrait peut-être mieux que tu les refasses.

BERTRAND

C'est pas son genre. *(Il consolide un nœud.)* La photo, Germaine.

FERNAND

Le vinaigre, ça se boit, ou ça se frictionne ?

BERTRAND

Je crois que ça se frictionne. Elle ferait le portrait d'abord, et puis en pied, et puis le nu. Moi je trouve que c'est pas son genre.

FERNAND

Serre pas trop, va. Si elle tombe par terre, ça la fera plutôt rire, Tantine. Je la connais. Au fond, vous avez bien le même caractère, tous les deux.

BERTRAND

Tu sais à qui elle a pensé, comme photographe ?

FERNAND

À toi.

BERTRAND

Oui.

FERNAND

Eh bien, demande de l'argent à Tantine pour la pellicule.

BERTRAND

Elle voudra pas. Elle est dure.

FERNAND *chante :*

« Naïves hirondelles… »

BERTRAND

Allez, donne-lui le vinaigre.

MADAME SÉVERIN

J'en ai pas besoin, de votre vinaigre.

FERNAND

Il est là. Faut pas qu'il soit perdu.

MADAME SÉVERIN

Je n'en veux pas.

FERNAND

Bon, bon.

BERTRAND

Ça va mieux ?

MADAME SÉVERIN

Oui, oui. Je vais m'en aller.

FERNAND

Voulez-vous que je vous aide ?

MADAME SÉVERIN

Ça va, ça va.

BERTRAND

Bon, ben moi, je vais aller me coucher.

MADAME SÉVERIN

Bertrand !

BERTRAND *revient, il allait rejoindre Germaine :*

Oui, Tantine.

MADAME SÉVERIN

Bertrand, il y a une chose que j'aimerais bien vous dire tout de même. Et à vous aussi Fernand. *(Fernand, distrait, chante.)* Fernand !

FERNAND

Oui, oui. Qu'est-ce qu'il y a ?

MADAME SÉVERIN

Écoutez, tous les deux. Je ne sais pas ce que vous pensez de cette petite, là… Germaine.

FERNAND et BERTRAND

Ben…

MADAME SÉVERIN

Mais en tout cas, il y a une chose que je sais. C'est que moi, Raymonde Séverin ou Tantine ou tout ce que vous voudrez, eh bien il y a une chose que je veux vous dire…

Le hamac cède. Madame Séverin tombe et se casse partiellement.

BERTRAND

Le nœud !

FERNAND

Pan ! Ça, fallait s'y attendre.

BERTRAND

C'est de ma faute, peut-être ?

FERNAND

C'est pas de la mienne !

BERTRAND

Tu vas quand même pas dire que c'est de ma faute !

FERNAND

Non, c'est pas de ta faute.

BERTRAND

C'est de la faute à qui ?

FERNAND

C'est de la faute à personne. C'est des choses qui arrivent.

BERTRAND

Eh bien, oui.

FERNAND

Ça ne va pas ? D'où souffrez-vous maintenant ?

BERTRAND

Eh, Tantine !

FERNAND

C'est-il de là ? C'est-il d'ici ?

MADAME SÉVERIN

Avec votre hamac !

FERNAND

Ah, ça ! qu'est-ce que vous voulez, Tantine, c'est des choses qui arrivent. Et ça ! sûrement que vos chapeaux, il va falloir que vous y renonciez pour un bout de temps. Vous voulez un peu de vinaigre ?

MADAME SÉVERIN

Avec votre hamac !

FERNAND

Eh oui, ça arrive. Eh bien, Bertrand, fais quelque chose.

BERTRAND

Pourquoi, ça ne va vraiment pas ?

FERNAND

J'en sais rien, mais j'ai entendu crac.

BERTRAND, *à la porte de la rue, par où Germaine s'est enfuie :*

Germaine ! eh ! Germaine !

FIN DU PREMIER ACTE

ACTE II

La même boutique, où il y a maintenant
des chapeaux et des horloges.
Germaine fabrique un chapeau. Madame Séverin
traverse la scène avec deux cannes et moins
de difficulté qu'elle ne le voudrait.
Germaine vient de se lever pour lui venir en aide.

SCÈNE I

Madame Séverin, Germaine.

Chuchotements, comme dans la chambre
d'un mourant :

MADAME SÉVERIN

Restez assise !

GERMAINE

Non !

MADAME SÉVERIN

Si !

GERMAINE

Restez assise.

MADAME SÉVERIN

Non.

GERMAINE

Ça va vous fatiguer.

MADAME SÉVERIN

Taisez-vous donc. *(À haute voix.)* Et puis tout de même ! Quelle heure est-il ?

GERMAINE

Chut !

MADAME SÉVERIN, *à mi-voix :*

À cette heure-là.

GERMAINE, *à voix basse :*

Je vais vous les apporter.

MADAME SÉVERIN, *à mi-voix :*

Restez assise ou je crie.

GERMAINE, *à voix basse :*

Chut.

Madame Séverin frappe le sol d'une de ses cannes.

GERMAINE, *à mi-voix :*

Chut !

MADAME SÉVERIN, *à mi-voix :*

Zut !

GERMAINE, *à voix basse :*

Chut. Avec vos cannes…

MADAME SÉVERIN, *modérément :*

Mes cannes, mes cannes. Il faut bien s'appuyer sur quelque chose, dans la vie.

GERMAINE, *modérément aussi, mais avec plus de force et moins de passion :*

Vos cannes, alors, si vous ne voulez pas qu'on vous aide, laissez-les donc dans le porte-parapluie. Vous marcherez plus vite et vous ne risquerez pas de vous les mettre dans les pieds, pour tomber.

MADAME SÉVERIN

Mes cannes.

GERMAINE

Là-bas, ils sont, vos croissants !

MADAME SÉVERIN

Mes croissants.

GERMAINE *se referme :*

Bonsoir.

MADAME SÉVERIN

Mais, mais, mais ! ne croyez pas que vous avez tort ! Votre assistance, je n'en ai que faire. Restez dans votre coin. J'y vais toute seule, à mes croissants ! Je les vois bien, ils sont là-bas, tout seuls, tous les trois, dans mon coin. Et j'y vais parce que c'est mon coin. Le coin qu'on m'a réservé. À moi. Sans vous. Excusez-moi, Mademoiselle, je vous laisse travailler.

Elle s'aventure.

Fernand pousse un hurlement derrière les paravents.

GERMAINE

Vous avez gagné !

MADAME SÉVERIN

Quelle heure est-il ?

GERMAINE, *à voix basse :*

Non, il se rendort.

MADAME SÉVERIN, *à voix basse :*

Il a des cauchemars.

GERMAINE, *à voix basse :*

Chut !

MADAME SÉVERIN *marche vers ses croissants..., s'arrête :*

Germaine…

GERMAINE, *debout :*

Ça ne va pas ?

MADAME SÉVERIN

Restez assise !… Que je vous voie y mettre un peu du nerf, à ce que vous faites ! Du nerf, oui. Oh !… je ne vous dis pas d'aller plus vite ! et allez-y ! comme la foudre, regardez-la, on ne voit plus son aiguille, tellement ça va vite !… Du nerf, j'ai dit, j'appelle pas ça du nerf, ce que vous faites !

GERMAINE, *à voix basse :*

Chut !

MADAME SÉVERIN, *à mi-voix :*

Non. Ce n'est pas ça. Le nerf, ce n'est pas ça.

GERMAINE

Je ne dirai plus rien.

MADAME SÉVERIN

Je ne vous demande rien. Oui, il y a quelque chose qui cloche dans ma pantoufle. Mais c'est moi que ça regarde… Travaillez. Si vous avez une petite idée de ce que c'est, travailler. — C'est quand je marche. Je lève mon pied, je ne sens rien, c'est normal. Je le repose, doucement, doucement… clic ! ça y est. Vous avez entendu ?

GERMAINE

Non.

MADAME SÉVERIN

Eh bien, maintenant, c'est comme si j'avais mon gros orteil à l'air.

GERMAINE

Un trou ?

MADAME SÉVERIN

Non. J'ai regardé. C'est comme un filet d'air entre la semelle et le… Comme sous une porte, quand il fait froid… *(symboliquement)* l'hiver !

GERMAINE

Mais non.

MADAME SÉVERIN

Mais si. Venez m'aider. Je me sens toute faible.

GERMAINE *laisse tomber une partie de son matériel :*

Merde !

MADAME SÉVERIN *se remet en marche avec désespoir. Faiblement :*

Jeunesse !

GERMAINE, *haut :*

Quoi ?

Nouveau cri de Fernand.

MADAME SÉVERIN

Ceux-là ! Mais qu'ils s'en aillent ! mais qu'ils s'en aillent, eux ! — leurs pendules ! — leur bêtise et leur porcelaine ! Quoi ?

GERMAINE

Rien.

MADAME SÉVERIN

Alors, allez-vous-en aussi, avec eux, avec vos chapeaux !

GERMAINE

Mes chapeaux ?

MADAME SÉVERIN

Les miens!...

GERMAINE

Réfléchissez.

MADAME SÉVERIN, *plus bas :*

... que vous ne savez pas faire. Qu'est-ce que c'est que ça? c'est du café au lait ou c'est du chocolat?

GERMAINE

C'est un mélange des deux.

MADAME SÉVERIN

Vous mélangez, vous... de mon temps, on choisissait.

Coups de marteau chez la voisine.

GERMAINE

Ça y est.

MADAME SÉVERIN

Ma boutique. Qu'est-ce qu'ils lui font à ma boutique?

GERMAINE

Vous verrez, ça va être bien, d'après ce qu'ils ont commencé. Moderne, tout.

MADAME SÉVERIN

Oui, seulement, elle n'est plus à moi. Qu'ils en fassent une pissotière aussi bien! je m'en beurre la tartine.

GERMAINE

Oh!

MADAME SÉVERIN

C'est vrai. Et j'ai vendu ça pour eux ! Pour mes jambes, pour réparer mes jambes, ce qu'ils en ont fait avec leur histoire de hamac. Fameuse, leur histoire de hamac. Tout le monde en rigole encore dans le quartier. Mais moi, ici, je suis chez moi ! Tant pis ! Qu'ils s'en aillent !

GERMAINE

Attention ! tombez tout de même pas. — S'en aller !... Sûrement qu'ils s'en iraient, s'ils savaient où. Et puis vous savez ce qu'ils ont dans la tête : le commerce.

MADAME SÉVERIN

Le commerce ! et où est-il, ce fameux commerce ? Dans la porcelaine ? dans les photos ? dans les pendules ? C'est nouveau, ça, les pendules !

GERMAINE

Ils cherchent.

MADAME SÉVERIN

Toujours ils cherchent... ils trouvent jamais !

GERMAINE

Mais, Madame Séverin, on est jeune !

MADAME SÉVERIN

Et alors ?

GERMAINE

Et alors, quand on est jeune, il faut de la patience.

MADAME SÉVERIN

Mais non, on n'a pas besoin de patience quand on est jeune ! Qu'est-ce que c'est que cette histoire, dites ?

GERMAINE

Je ne sais pas.

MADAME SÉVERIN

Vous ne savez jamais rien. Écoutez, Arlette, Chose, Camille, là… comment c'est déjà votre prénom[1]…

GERMAINE

Germaine.

MADAME SÉVERIN

On les met à la porte, et puis, adieu. Vous ne savez pas faire un chapeau, mais vous pourriez. C'est des choses qui s'apprennent. Quand on est jeune. Au lieu d'avoir de la patience. Que je vous mette seulement au courant, c'est parti, ça fait boule de neige. Le chapeau, c'est le chapeau, ça roule et c'est stable. Qu'est-ce qu'ils ont à être rassis comme ça aujourd'hui mes croissants ? Et puis moi, je vais bientôt mourir, pensez un peu à ça. Ça devrait vous donner du courage.

GERMAINE

En voilà encore un de fini. Il est beau, hein ?

MADAME SÉVERIN

Alors ? il me semble que j'ai parlé, non ?

GERMAINE

Tantine ! parlez moins fort.

MADAME SÉVERIN

Alors, répondez-moi ! Je parlerai moins fort après. C'est oui ou c'est non ?

GERMAINE

Moi ? je ne peux pas vous dire, je ne sais pas.

MADAME SÉVERIN

Il faut pourtant choisir : les chapeaux avec moi ou la porte avec eux.

GERMAINE

Moi ?

MADAME SÉVERIN

Oui, vous.

GERMAINE

Eh, dites !

MADAME SÉVERIN

Bon, laissez-moi tranquille. Je mange. — Elle ne sait pas. — Elle ne sait rien, jamais. Quand on est jeune, on ne sait rien. Dépêchez-vous donc de vieillir, je vous en prie. Vous ressemblez à… à un petit bout de croissant, c'est bien simple. Ça ne sait pas grand-chose non plus, un petit bout de croissant… et hop, ça se laisse manger, on n'en parle plus. Rassis, tenez un petit bout de croissant rassis, ça sait déjà un peu ce que ça veut, ça se laisse manger moins facilement que vous Prenez modèle, rassissez.

SCÈNE II

Fernand, Germaine, Madame Séverin.

Invisible jusqu'à présent derrière le paravent, Fernand pousse un cri, se réveille et se lève. Il est en pyjama.

FERNAND

Ouille ! Oh là là ! Ah j'en ai assez. J'en ai assez. Toutes les nuits c'est pareil. Ah, vous êtes là, vous ? Comme ça, en pleine nuit, j'ai un cauchemar. Je me réveille au milieu de la nuit, et après je ne peux plus me rendormir. Des choses pareilles, ça finit par vous ronger, vous savez, Françoise, là, Monique, Mauricette, Chose…

GERMAINE

Germaine.

FERNAND

Germaine, oui. Eh bien moi, ma nuit est finie. Maintenant, je ne dormirai plus. Quelle heure est-il ?

GERMAINE

Entre onze heures et midi, Monsieur Fort.

FERNAND

Hein ? Il fallait me réveiller avant. De quoi j'ai l'air, moi ! Où est Bertrand ?

GERMAINE

Il est sorti.

FERNAND

Sorti. Quelle heure vous dites qu'il est? *(Il consulte quelques horloges.)* Onze heures vingt? Onze heures dix? Onze heures et demie? Onze heures et demie! Ben alors, ben alors, ben alors?

GERMAINE

Qu'est-ce qu'il y a?

FERNAND

Le couvert? Où est-ce qu'il est le couvert? Il n'est pas mis?

GERMAINE

Je vais le mettre.

FERNAND

Eh bien il me semble! Qu'est-ce que ça veut dire tout ça. À onze heures et demie, pardon! à midi moins vingt! Bravo! On peut parler! Je me demande ce que ce serait si vous aviez passé une nuit comme moi, qu'à trois heures du matin je n'avais pas fermé l'œil, sur ce sacré tas de chapeaux! Autrefois j'avais un lit, maintenant j'ai un tas de chapeaux.

GERMAINE

Bertrand vous a proposé son hamac.

FERNAND

Mais bien entendu. Le hamac. Et pendant ce temps-là, Monsieur est sorti. Pour aller où ça! On ne veut pas le savoir. Eh bien tant mieux! qu'il aille se promener. Seulement, la prochaine fois que vous le verrez, vous pourrez lui dire de remporter toutes ces horloges. Il y a trop d'horloges, ici. On en arrive à ne plus savoir l'heure qu'il est. Et puis je n'aime pas les horloges, là ! je lui ai dit ! Pour l'horlogerie, faut pas qu'il compte sur moi, les horloges, ça me met en boule. Tic, tac, tic, tac, tic, tac, écoutez-moi ça, ce que ça peut être bête ! À la fin je suis chez moi, moi ! Je suis chez moi, ma petite, et ce que je dis des horloges !... Je ne sais pas, mais en tout cas, on n'est plus chez soi, ici.

Il va pour s'asseoir sur le chapeau tout frais.

GERMAINE

Mon chapeau !

FERNAND

Et puis, pas la peine de discuter. Des chapeaux aussi, il y en a beaucoup trop dans cette maison. Beaucoup trop. Moi, je ne dis plus rien. *(Il s'assied et considère le chapeau.)* Qu'est-ce que vous voulez qu'on dise, quand on voit ça. On ne sait plus où on est.

GERMAINE

Je vais le ranger dans sa boîte.

FERNAND, *apercevant Madame Séverin :*

Ah ! Mais elle est là ! *(À Germaine.)* Elle est là ! *(À Madame Séverin.)* Hein ! On est là... — Mais qu'est-ce que, qu'est-ce que, qu'est-ce qu'elle fabrique dans son petit coin ? Ha ! *(À Germaine.)* Mais dites donc ! C'est qu'elle mange des croissants ! *(À Madame Séverin.)* Eh bien, j'espère ! *(À Germaine.)* Elle est drôle, hein ? *(À Madame Séverin.)* Alors, Tantine, on a bien dormi ? L'était-il bon, le bon gros lit à Fernand, le bon gros dodo avec son gros matelas ? Hein ? Y aura pas un petit bout de croissant pour son petit Fernand qui a faim ?

MADAME SÉVERIN

Laissez-moi mes croissants, espèce de mufle.

FERNAND, *à Germaine :*

Espèce de mufle ! *(À Madame Séverin.)* Ça a l'air d'aller mieux, depuis hier, hein ?

MADAME SÉVERIN

Ne vous occupez pas de ça.

FERNAND

Oui, ben à votre place, Tantine, moi je ne serais pas tranquille, vous savez. Votre docteur, ça m'a l'air d'être un drôle de fantaisiste. Devinez un peu ce qu'il m'a dit, il y a quinze jours. Il m'a dit : mon vieux, votre Tantine, elle ne passera pas la nuit. Hein ? Qu'est-ce que vous en pensez ? Ce n'est pas sérieux. Quand on vous dit : vous ne passerez pas la nuit, eh bien vous ne passez pas la nuit, un point c'est tout. Ou alors, on ne dit pas qu'on est docteur. Quoi ? C'est pas vrai ? Qu'est-ce que c'est que tous ces gens qu'on ne peut pas compter dessus. Hein ? Votre avis ? Franchement ?

MADAME SÉVERIN

Oui…

FERNAND

Quoi ! Non ?

MADAME SÉVERIN

Dites…

FERNAND

C'est comme mon petit déjeuner, on me dit ceci, cela et comment donc. Et puis résultat : qui c'est qui n'a pas son petit déjeuner ?

MADAME SÉVERIN

Monsieur Fort…

FERNAND

C'est Monsieur Fort.

MADAME SÉVERIN

Dites, Monsieur Fort, si vous vouliez être gentil vous iriez m'acheter un tube d'aspirine.

FERNAND

Mais bien sûr. Un tube d'aspirine. Tout de suite, tout de suite.

GERMAINE

Attendez, Monsieur Fort, je vais vous faire chauffer une tasse de chocolat…

FERNAND

Mais pas du tout…

GERMAINE

Avec du pain et de la confiture…

FERNAND

Pas du tout…

GERMAINE

Parce que je n'ai plus de beurre.

FERNAND

Mais non, mais non, vous êtes bien gentilles toutes les deux. Je boirai un express au café d'en face.

GERMAINE

Oh, non, Monsieur Fort ! Pas en pyjama !

FERNAND

À cette heure-ci je devrais être habillé ! Écoutez-moi, Denise, Myriam, Chose, là, Marie-Antoinette…

GERMAINE

Germaine.

FERNAND

Si vous voulez. Il ne faudrait tout de même pas oublier qu'on vous a fait venir ici pour coller de la porcelaine ! Tous les deux Bertrand on était bien tranquilles, on venait d'acheter quarante caisses de débris. Or, depuis que vous êtes là, qui est-ce qui s'en occupe, de la porcelaine ? Hein ? C'est vous, peut-être ? C'est Bertrand ? C'est Tantine, hein ? Il n'y en a qu'un qui s'y colle, à la porcelaine, c'est moi, toujours moi, encore moi, et par-dessus le marché, il faut que je me cache ! Alors, si j'enfile mon imperméable, vous me ferez le plaisir de ne pas y voir d'inconvénient.

C'est ce qu'il fait, et, ce faisant, il poursuit.

Quant à M. Bertrand, s'il n'y croit plus, à la porcelaine, ce n'est sans doute pas de sa faute. Mais j'ai beau m'appeler Monsieur Fort, tout le monde a ses faiblesses ; il ne faudra pas trop s'étonner si je me décourage.

58 morceaux ! ce n'est pas rien, 58 morceaux. Eh bien hier, avec 58 morceaux, j'ai fait un vase. Un gros vase. Comme ça. Il y a des morceaux, pour les ajuster, il a fallu que je me serve d'une lime à ongles. Oui. *(Petit rire grinçant.)* Alors, quand il a été fini, pour qu'il sèche plus vite, pas ? Je l'ai mis à l'air. C'était pas bête, hein ? Eh bien il est tombé par la fenêtre. Pof ! Si vous voulez ramasser les morceaux, ils sont toujours sur le trottoir. Et je vous garantis qu'il y en a plus de 58.

Tout en parlant, il fouillait dans ses poches.

GERMAINE

Vous cherchez quelque chose ?

FERNAND

Oui. En effet, ce n'est pas la peine. Germaine vous ne pourriez pas me rendre un petit service ?

GERMAINE

Oh ! mais si, bien sûr !

FERNAND

Vous êtes gentille. Parce que ça m'embêterait de changer un billet de 5 000 francs[1] pour acheter un tube d'aspirine. Je n'ai pas un sou de monnaie. Alors si vous pouviez me prêter par exemple deux billets de 100 francs, ça m'arrangerait pour mon paquet de gauloises qui ferait le compte avec son tube.

GERMAINE

Oh, mais c'est que je n'ai plus du tout d'argent, Monsieur Fort.

FERNAND

Ah.

GERMAINE

Si vous voulez, donnez-moi vos 5 000 francs, je vais faire un saut pour les changer, il y a des P.T.T. pas très loin.

FERNAND

Oui, mais moi, où voulez-vous que je les trouve, les 5 000 francs ? Hein ? D'ailleurs, tout ça n'a aucune importance. Il y a encore des gens qui jettent leurs mégots dans la rue. Il n'y a qu'à se baisser pour les ramasser.

GERMAINE

Oh, non !

FERNAND

Ah, mon petit, dites que j'ai menti, et n'en parlons plus.

Il s'assied.

GERMAINE

Bertrand va sûrement rentrer, il est midi.

FERNAND

Oui, oui, après tout l'aspirine ce n'est pas urgent.

Fernand et Germaine regardent Madame Séverin.

MADAME SÉVERIN *chante :*

« Naïves hirondelles... »

FERNAND

Vous savez, Tartine... Mon pas de porte...

Madame Séverin s'arrête de chanter.

FERNAND

Mon pas de porte, quoi ! qu'est-ce que c'est ? Je peux le vendre. À qui ?

MADAME SÉVERIN *ne comprend pas :*

À qui ?

FERNAND

À qui. C'est là que ça bifurque. *To be or not to be.* Une supposition, vous permettez Tantine... *(il s'approche)* — une supposition, mon pas de porte, que je le vende à mon ami Duchenard. Un bon gars, Duchenard. Lui, ce qui l'intéresse, c'est la blanchisserie automatique. Une supposition qu'il arrive ici avec son matériel. Je lui dis : bravo, affaire conclue, je te fais grâce du pas de porte, je ne veux pas d'argent, ton matériel me suffit, tu me nommes sous-directeur de ta blanchisserie, tu payes mon loyer à la mère Séverin, et on vit tous les deux comme deux ronds de flan[1]. C'est une supposition que je fais, Tantine, parce que Duchenard, il serait tout disposé, c'est le bon gars, Duchenard, je n'ai qu'à mettre ma pancarte « à céder », il est là. Eh bien vous savez ce qu'il ferait pour commencer, Duchenard ? *(À Germaine.)* Vous savez ce qu'il ferait, Duchenard ?

GERMAINE

Duchenard ? Je ne le connais pas.

FERNAND, *à Madame Séverin :*

Eh bien Duchenard, il commencerait par vous flanquer à la porte. Eh oui, Tantine. Il vous dirait : Tantine, allez manger vos croissants chez les Turcs.

GERMAINE

Oh !

FERNAND

Eh ! — Moi, je ne voudrais pas ça, parce que je vous aime bien, Tantine. Et je suis sûr que vous ne le voudriez pas non plus, vu que votre neveu Bertrand, par la même occasion, ils ont sûrement besoin d'horloges, chez les Turcs, il se fera un plaisir de vous accompagner. Si c'est vraiment ça que vous voulez.

MADAME SÉVERIN

Non, moi, ce que je voudrais vraiment, voyez-vous, c'est qu'on m'installe des paravents tout autour. Il y a des paravents là-bas. Parce que, avant le déjeuner, je voudrais bien avoir un petit moment de solitude. La solitude, à mon âge, on en a besoin. C'est vrai. Alors, si vous vouliez m'installer vos paravents tout autour, je serais contente. Voilà.

FERNAND

Voilà.

MADAME SÉVERIN

Et puis après je vous donnerai de l'argent pour aller me chercher de l'aspirine.

FERNAND

Oui. Non, mais : vous me suivez, hein ? Je vais vous chercher vos paravents. *(Il y va.)* Vous comprenez, Tantine, on a des difficultés tous-les-deux-Bertrand. Vous seriez la première embêtée, impotente comme vous êtes, n'est-ce pas ? obligée de compter sur le bon cœur des autres quand vous avez des paravents à aller chercher, pas ? Pour vous c'est fini les voyages. Eh bien s'il fallait que je cède le bail de ma boutique, je ne dis pas à Duchenard, je dis à quiconque, et même à vous, Tantine, eh bien quoi ? Vous seriez la première embêtée. Non, mais, moi, après tout, moi je ne suis pas votre neveu, Tantine. Je ne demande pas qu'on s'intéresse à moi. Seulement moi, votre neveu, Tantine, c'est plus fort que moi, je l'aime bien. Lui, il est timide. Il n'ose pas vous demander ça. Mais je vous le dis, moi, je n'y ai pas d'intérêt, mais je vous le dis ! Si vous avez de l'argent, profitez-en avant d'être morte. Mais oui ! profitez-en. Donnez-en un peu à Bertrand, c'est un brave garçon ; comme je le connais il prendra soin de vous et il vous fera faire une bonne fin.

Il a installé les paravents, sauf du côté du public.

MADAME SÉVERIN

Eh bien, voyez-vous, il y a des moments où on n'a pas envie qu'on vous parle. Franchement, ça m'ennuie d'entendre votre voix m'entrer dans les oreilles. Alors si vous vouliez bien me fermer la porte par-devant, si vous pouviez, hein ? Pour que je sois tranquille jusqu'au déjeuner.

Un petit temps.

Oui, oui, je vais vous donner un peu d'argent pour mon aspirine. Tenez. Tenez. Vous garderez la monnaie.

FERNAND

Pas de raison, pas de raison…

MADAME SÉVERIN

Mais si, tenez, voilà cent francs.

Elle les lui glisse par la dernière fente des paravents, qu'elle referme ensuite complètement.

MADAME SÉVERIN

À tout à l'heure.

FERNAND *plie le billet de cent francs en quatre, en huit, en seize, en trente-deux et en soixante-quatre, puis le range dans sa poche. En suite de quoi il chante :*

« Naïves hirondelles. »

GERMAINE

Vous savez, Monsieur Fort, je crois que je suis capable de réparer un peu de porcelaine… Il suffirait que vous me montriez comment on fait…

Mais Fernand continue à chanter. Il cherche une pancarte.

GERMAINE

Si Bertrand m'avait dit ce qu'il faut faire avec toutes ces horloges, je m'y serais mise depuis longtemps. Mais je ne sais pas. Elles marchent. Elles ne marchent pas toutes pareil, mais je pense que pour des horloges, c'est normal.

Fernand découvre la pancarte : Bail à céder, tous commerces.

GERMAINE

Oh ! ce n'est pas possible… Mon Dieu, mon Dieu, mais je ne sais pas du tout quoi faire, moi. Attendez, Monsieur Fort. Attendez au moins jusqu'à l'heure du déjeuner.

FERNAND

Fini, fini, fini.

SCÈNE III

Bertrand, Fernand, Germaine.

Fernand va pour accrocher la pancarte, mais voilà Bertrand qui rentre, chargé d'un sac énorme.

BERTRAND

T'es pas fou, non ? Donne-moi ça.

FERNAND

Non, je ne te la donnerai pas ! je ne te la donnerai pas ma pancarte ! tu n'es qu'un faux frère ! Bertrand ! moi je n'en peux plus ! je veux vivre, moi ! je suis encore jeune ! Tes horloges, tu peux les remporter ! Emporte tout ce que tu veux, puisque je t'ai tout donné ! mais laisse-moi ma pancarte ! laisse-moi ma pancarte, Bertrand, je t'en supplie ! tu es plus fort que moi, si tu tires comme ça, tu vas me l'abîmer ! ma pancarte ! Tu vas la lâcher, oui ? Tu vas la lâcher !

BERTRAND

Bon, bon, bon. Garde-la, ta pancarte, fais-en ce que tu veux. Ah, là la… les hommes ! hein ? Comment ça va euh…

GERMAINE

Germaine.

BERTRAND

Je sais bien. Tenez voilà les petits pigeons pour midi, avec des haricots verts en boîte. Les petits pigeons, aujourd'hui, ce sera du bifteck.

FERNAND

Donne-moi une cigarette.

BERTRAND

Tiens. C'est du propre. On ne peut plus s'éloigner une minute.... Ah, ben je vous remercie ! elles sont toujours là, les horloges ! Personne n'y a touché, hein ? Pas de danger qu'on y touche. Je me demande vraiment pourquoi je me donne la peine de vous apporter des horloges !

GERMAINE

Oh, je vous demande pardon, Bertrand, vous ne m'aviez pas dit ce qu'il fallait en faire, alors je ne savais pas.

BERTRAND

Vous pouvez prendre un peu d'initiative, non ? Tous les deux. Je vous dis : voilà des horloges ! Vous n'avez qu'à vous débrouiller avec, moi, je n'en sais pas plus que vous. Tout de même, tout de même, ce ne doit pas être bien sorcier de faire quelque chose avec des horloges. Votre cerveau à quoi il vous sert ?

FERNAND, *désignant le sac de Bertrand :*

Et ça, qu'est-ce que c'est, encore ?

BERTRAND

Ça va, ça va. Où est Tantine ?

FERNAND

Tu peux me répondre d'abord, non ?... Qu'est-ce que c'est que ça ?

BERTRAND

Je ne te demande pas ce qu'il y a là-dedans, je te demande où est Tantine.

FERNAND

Hein ? Qu'est-ce que tu as encore découvert ? Hein ? Tu ne veux pas le dire ?

BERTRAND

La barbe. Où est Tantine ?

FERNAND

Elle n'est pas là, Tantine ! Elle est sortie, Tantine ! sortie ! regarde ! *(Il désigne les paravents.)* Là ! là ! là ! elle est sortie ! Pauvre petit garçon avec son gros sac. Fais voir... Non, mais fais voir !

BERTRAND, *à Germaine :*

Allez, allez, allez faire cuire tout ça.

FERNAND

Il ne vous le dira pas. Imaginez que ce soit du crottin de cheval, hein ? Après les horloges, ça n'aurait rien d'extraordinaire. Lui, il n'est pas regardant. Du moment qu'il travaille, lui, ça lui est égal que ce soit du crottin de cheval. Ça ne lui vient pas à l'idée que peut-être le crottin de cheval ça ne se vend pas très bien cette année, non ! lui, du moment qu'il travaille, il est content. Hein ? c'est pas vrai ? Ce n'est pas du crottin de cheval ? Tu as peur que Mademoiselle en ait soupé, du crottin de cheval et des petites porcelaines et des petits oiseaux du bon Dieu ?

BERTRAND

Fernand, Fernand, Fernand, Fernand… qu'est-ce qu'il y a, mon vieux, tu es tout pâle, tu es en pyjama, qu'est-ce qu'il y a ? Tu n'as pas déjeuné ce matin ?

GERMAINE

Non, il n'a pas déjeuné.

BERTRAND

Tiens. Il y a quelque chose qui te revient. Va vite prendre ton café.

FERNAND

Merci. Merci. Je t'aime bien. Aimez-le bien, Antoinette, Chose, là, Simone, Mademoiselle. Au fond, c'est un bon photographe, Bertrand, vous savez.

Il va pour sortir, mais il ne peut retenir une phrase qui lui monte à la tête. Il la crie en se retournant avant de passer la porte :

Seulement, moi ! moi ! moi !… eh bien, je ne suis pas un photographe ! voilà !

Il sort.

SCÈNE IV

Germaine, Bertrand,

GERMAINE

Bonjour.

BERTRAND

Je vous ai déjà dit bonjour.

GERMAINE

On peut voir ce que c'est ?

BERTRAND

Non, non, ce n'est rien. Ça n'a rien à voir avec le travail. C'est plutôt pour se distraire. Oh, d'ailleurs... Je ne sais pas pourquoi j'ai rapporté ça. Je crois que je vais jeter ça dans la poubelle, tout bonnement. Je ne sais pas ce qui m'a pris.

GERMAINE

Elle est trop petite, la poubelle.

BERTRAND

On fera des petits paquets tous les jours.

GERMAINE

Bon.

BERTRAND

Oh, là, là !... ça n'a rien d'extraordinaire, vous savez. Ce n'est pas du crottin de cheval. Faut pas croire que ça me gêne de le dire.

GERMAINE

Puisqu'on va le jeter, ce n'est pas la peine.

BERTRAND

Vous n'êtes pas curieuse.

GERMAINE

Non.

BERTRAND

C'est des noix.

GERMAINE

Des noix ?

BERTRAND

Oui… des noix.

GERMAINE

Pour manger ?

BERTRAND

Non, pour casser. Je pensais que pour se distraire, on pourrait peut-être casser des noix.

GERMAINE

C'est une bonne idée, pour se distraire.

BERTRAND

Oui. Et puis, après, les noix décortiquées, ça se vend. Il y a des confiseurs, par exemple, qui en ont besoin.

GERMAINE

Oui.

BERTRAND

Oui…

Ils se taisent un moment, à cause de la situation pénible, puis :

GERMAINE

Ça fait du bien de se taire un peu, hein ? Bertrand…

BERTRAND

Ce n'est pas que je me taise… J'écoutais quelque chose dans la rue.

GERMAINE

Quelque chose ?

BERTRAND

Oui, quelque chose.

GERMAINE

Je n'ai pas entendu.

BERTRAND

Non… On n'est pas forcé d'entendre. Il y en a qui entendent une chose, d'autres une autre. Ça dépend des moments.

GERMAINE

Vous auriez dû me le dire.

BERTRAND

Vous le dire ? Ça n'a rien d'extraordinaire, vous savez. Je l'écoutais comme ça. Ça ne valait pas la peine de faire exprès de l'écouter.

GERMAINE

C'était quoi ?

BERTRAND

Non, et puis, si j'avais eu envie de vous dire quelque chose, c'est autre chose que je vous aurais dit, sûrement. Et à ce moment-là, ça m'aurait distrait, et je n'aurais rien entendu du tout. Vous voyez. On dit : si j'avais su ceci, cela, eh bien non, si j'avais su, ce n'aurait pas du tout été pareil.

GERMAINE

Mais, maintenant que vous l'avez entendu, vous pouvez bien me le dire, ce que c'était.

BERTRAND

C'était un petit sifflet à deux trous, vous savez, en fer-blanc, là, avec un coude… c'est un genre de sifflet plat, coudé à peu près au tiers, comme ça… Je ne me rappelle pas à quel bout on souffle, d'ailleurs. Moi, je n'ai jamais eu de sifflet comme ça. Je crois que c'est dans le petit bout qu'on souffle. Hein ? pas vous ?

GERMAINE

Je ne me rappelle pas.

BERTRAND

Ça devait être un petit gosse qui soufflait là-dedans pour s'amuser.

GERMAINE

Oui.

BERTRAND

Vous ne l'avez pas entendu ?

GERMAINE

Non.

BERTRAND

C'est drôle. Je ne l'ai pourtant pas rêvé… Non, vous voyez, on est là, dans la même pièce, on ne fait rien, on a les mêmes oreilles et puis il y en a un qui entend et l'autre qui n'entend pas.

GERMAINE

Ben… oui…

BERTRAND

Peut-être que vous avez entendu autre chose, vous. Que moi je n'ai pas entendu.

GERMAINE

Non, je n'écoutais pas.

BERTRAND

Tout le monde ne peut pas écouter en même temps. Peut-être que pendant ce temps-là vous étiez en train de regarder, et alors vous avez vu quelque chose que moi je n'ai pas vu. Non ?

GERMAINE

Non. Je n'ai rien vu de spécial.

BERTRAND

Enfin, vous faisiez bien quelque chose. On fait toujours quelque chose.

GERMAINE

Non, rien. J'attendais.

Bertrand y renonce.

BERTRAND

Vous n'avez pas froid ?

GERMAINE

Non.

BERTRAND

Moi, j'ai froid.

GERMAINE

On peut remettre une bûche.

BERTRAND

C'est vous qui auriez trop chaud.

GERMAINE, *après un silence :*

Bertrand !…

BERTRAND

C'est comme de s'appeler Bertrand… Vous, vous vous appelez Germaine.

GERMAINE

Vous n'aimez pas ça ?

BERTRAND

Si. Mais ça prouve qu'on n'est pas pareil.

GERMAINE

Pas pareil ?… Non, bien sûr, on n'est pas pareil. Et puis ! heureusement. Parce que moi, si vous vous appeliez Germaine, ça ne me ferait pas plaisir.

BERTRAND

Ça vous fait plaisir que je m'appelle Bertrand ?

GERMAINE

Ça me fait plutôt plaisir, oui.

BERTRAND

Quelle drôle de fille vous êtes. Moi, ça me fait rien du tout de m'appeler Bertrand. Je ne vois pas quel plaisir on peut trouver à ça. Hein ? quel plaisir ?

GERMAINE

Moi ? je ne sais pas, je ne peux pas vous expliquer…

BERTRAND

Alors, à quoi ça sert de parler ? Hein ! vous êtes là, je me tais, j'écoute tranquillement un petit bruit de sifflet, je ne demande rien à personne, alors Mademoiselle, ça ne va plus, il faut qu'on lui dise quelque chose, bon ! ça va, je veux bien, causons ! Seulement quand il s'agit de parler pour dire vraiment quelque chose, quand il s'agit de s'expliquer, zéro ! Alors, pourquoi faire tant d'histoires ? Dans ce cas-là, on ferme sa bouche, et puis c'est tout.

GERMAINE

Mais moi, Bertrand, je ne vous demande rien du tout ! rien du tout ! Ah non, alors, vous savez, j'ai autre chose à faire !

BERTRAND

Oh, quelle barbe ! non, mais alors, quelle barbe ! Écoutez-moi bien, petite : non seulement il faut dire quelque chose, mais par-dessus le marché, on n'a le droit de rien dire ! rien, rien, rien ! parce que la petite demoiselle, ça la vexe ! — Eh bien, vexez-vous. Moi, je vais remettre une bûche. Je ne dirai plus un mot.

GERMAINE

Ce n'est pas ma faute si je suis coléreuse. Je sais bien que je le suis. Mais aussi, il ne faut pas me parler comme ça. On m'a toujours dit que j'avais des nerfs.

BERTRAND

Oh ! ce n'est pas que vous avez des nerfs. C'est que vous tapez sur les miens.

GERMAINE

Alors je m'en vais, tant pis.

BERTRAND

Germaine !

GERMAINE

Je vous le dis : tant pis, tant pis, tant pis !

BERTRAND

On n'a pas le droit de partir quand quelqu'un vient de vous glisser une bûche dans le fourneau rien que pour vous !

GERMAINE

Pas vrai !

BERTRAND

Pas le droit !

GERMAINE

Eh bien ça m'est égal… Oh là, là !…

BERTRAND

Sacrée... sacrée petite... sacrée petite jardinière !

GERMAINE

Mais quoi donc ? Moi, je me suis trompée de boutique, moi, enfin, ce n'est pourtant pas difficile à comprendre... Le numéro, il faisait nuit, on ne le voyait pas... Je ne pensais qu'à faire des petits chapeaux, je ne demandais pas le bon Dieu, dites, mettez-vous à ma place... Et puis voilà, je suis là, je ne dis rien, moi, je ne suis pas méchante, ils m'ont dit qu'ils voulaient faire des photos, bon ! et ceci et cela, qu'est-ce que vous voulez que je pense ? Et où voulez-vous que j'aille me coucher cette nuit ? Si c'était comme ça, moi qui ne demandais rien (oh ma pauvre Tantine...), eh bien il ne fallait pas me dire ça. Voilà. Essayez donc de dire le contraire, pour voir.

BERTRAND

Eh bien voyez-vous, ce que vous dites, c'est vrai. Oui, vrai.

GERMAINE

N'est-ce pas ? Hein ?

BERTRAND

C'est vrai. Je suis sûr que c'est vrai.

GERMAINE

Moi aussi, j'étais sûre que c'était vrai.

BERTRAND

Seulement... seulement, — seulement — seulement !... Seulement, s'il n'y avait que ça qui était vrai, dans tout ça, ce serait trop beau. Il y a autre chose qui est aussi vrai que ça, et même un peu plus. Voilà !

GERMAINE

Ah ?

BERTRAND

Oui.

GERMAINE

Qu'est-ce que c'est ?

BERTRAND

Je n'en sais rien.

GERMAINE

Oh…

BERTRAND

Quand je dis que je n'en sais rien… Ce que je sais, c'est qu'il y a quelque chose qui me pèse sur l'estomac. En ce moment. Mais je ne sais pas ce que c'est.

GERMAINE

Sur l'estomac ?

BERTRAND

Oui. Là, en ce moment. Parce que ce n'est pas toujours à cet endroit-là que ça me pèse. Sans ça, bien sûr ! vous me direz : je viens de manger un sandwich au saucisson sec. Mais, un sandwich au saucisson sec, je sais ce que c'est. Même quand j'ai du mal à digérer, je ne dis pas un sandwich, je dis par exemple une choucroute garnie, et Dieu sait que c'est lourd ! eh bien, je trouve que ça ne vaut pas la peine d'en parler. Alors, si je vous en parle, c'est que c'est autre chose.

GERMAINE

Ce n'est pas bien, Bertrand, il fallait me le dire. Je ne vous aurais pas ennuyé avec mes histoires.

BERTRAND

Vous me dites que ce n'est pourtant pas difficile de vous comprendre. Bah ! ça alors, vous parlez ! bien sûr, que je vous comprends ! Vous vous êtes trompée de boutique, il faisait nuit, vous reveniez de l'enterrement de votre tante. Et tout le reste. J'ai compris, allez ! seulement dites-moi : est-ce que ça vous suffit que je vous comprenne ? ah, ah, ah, ah, ah, attention ! je vous pose une question dure. Est-ce que ça vous suffit que je vous comprenne ? Parce que si ça vous suffit, vous pouvez vous en aller, c'est fait, je vous ai comprise depuis longtemps, c'est fini, vous avez votre compte, au revoir et portez-vous bien. Hein ? Qu'est-ce que vous en pensez ? Réfléchissez avant de répondre.

GERMAINE

Ça me fait plaisir que vous m'ayez comprise...

BERTRAND

Ça vous fait plaisir. Bon. Très bien. À moi aussi. Et alors ?

GERMAINE

Quoi donc ?

BERTRAND

Alors ? C'est bien ce que je disais : vous restez là.

GERMAINE

Eh bien oui ! on ne va pas s'en aller quand on a trouvé quelqu'un qui vous comprend.

BERTRAND

Voilà. Vous restez là. Ça ne vous suffit pas que je vous comprenne. Maintenant, il faut que je vous fasse autre chose. Qu'est-ce qu'il faut que je vous fasse ?

GERMAINE

À moi ?

BERTRAND

Oui, à vous ! puisque vous êtes là.

GERMAINE

Je ne sais pas. Je ne sais pas du tout…

BERTRAND

Eh bien moi non plus ! je n'en sais rien ! Je ne sais pas ce que c'est et c'est là ! là ! parce que ce n'est pas le sandwich au saucisson sec qui me pèse sur l'estomac ! J'en aurais mangé huit comme ça, des sandwiches au saucisson sec ! Ce n'est pas ça qui m'empêcherait de respirer ! et vous avez le toupet de me dire que vous ne me demandez rien !

GERMAINE

Mais puisque je ne sais pas ce que c'est !

BERTRAND

Justement ! Il n'y a rien de pire ! Alors, qui c'est qui sait ce que c'est, si c'est pas vous, si c'est pas moi, c'est personne, oui ? non ? c'est quelqu'un ? qui ? qui ? qui ?

GERMAINE

Écoutez, Bertrand, vous savez bien qu'il faisait nuit… Vous savez bien qu'on ne pouvait pas lire le numéro, et que si je me suis trompée de boutique…

BERTRAND

Non, je vous en prie, je vous en prie… Vraiment, je vous en prie, il faut renoncer à me raconter ça tout le temps.

GERMAINE

Je voudrais bien vous raconter autre chose, mais quoi, Bertrand ?

BERTRAND

Je suis fatigué, fatigué, fatigué. Moi, un gaillard comme moi, courageux comme j'étais, constamment occupé à brancher une ampoule, à bricoler un side-car, voilà, voilà ce que je suis devenu ! En un rien de temps. Regardez-moi ! non ! mais regardez-moi ! les bras ballants, vautré comme une flaque de cambouis ! Est-ce que vous vous souvenez, au moins, le soir où vous êtes arrivée, est-ce que vous vous souvenez que je vous ai pincé les fesses ?

GERMAINE

Oh, Bertrand ! je sais bien que vous ne l'avez pas fait exprès !

BERTRAND

Si. C'est comme ça que j'étais, moi. Une nature pratique. Direct. Pas d'embarras. Ça ne plaît pas à tout le monde, il y a du déchet, mais, dans l'ensemble, on voit du pays, on reste rarement les mains inoccupées. Et le matin, boulot boulot ! le soleil ! le café noir, les chaussures pas cirées. J'étais comme ça. Et ça me faisait plaisir qu'elles s'appellent Solange, quand elles s'appelaient Solange, et il y en avait qui s'appelaient Solange ! Mais vous ! Quand je vous ai mis les mains aux fesses, c'est bien simple, vous n'y avez pas cru !

GERMAINE

Si !

BERTRAND

Non ! Et tenez, moi qui vous parle, j'en ai connu une qui s'appelait Ursule ! Oui ! Ursule ! eh bien, quand je l'appelais Ursule ! c'était comme quand on prend un marteau par son manche ! je disais : Ursule ! et c'était comme si je l'avais déjà en main, Ursule ! Comprenez-vous ? Mais vous, vous ! quand je vous appelle Germaine, savez-vous l'effet que ça me fait ? J'ai honte.

GERMAINE

Il ne faut pas...

BERTRAND

Ah non ? Vraiment pas ? Eh bien, Germaine, dites-moi comment ça se déboutonne, cette petite chose ?

GERMAINE

Bertrand !

BERTRAND

Je vous demande ça, parce que je voudrais bien voir ce qu'il y a dedans, Germaine... vous permettez ?.. vous permettez ?... vous permettez, oui ou non ?

GERMAINE

Non !

BERTRAND

Vous voyez bien. Ce n'est pas ça que vous me demandez.

GERMAINE

Pas comme ça, Bertrand.

BERTRAND

Bertrand !... oui. Maintenant, quand vous m'appelez Bertrand, c'est vous qui me tenez. Alors, allez-y. Qu'est-ce que vous voulez faire de moi ? Car enfin, tout de même, vous n'allez pas vous contentez de rester là ? Vous n'allez pas vous contentez de me donner des crampes d'estomac, non ? Il va falloir vous décider. Qu'est-ce que vous voulez ?

GERMAINE

Je ne sais pas...

BERTRAND

Vous ne savez jamais rien !... Qu'est-ce que vous voulez ?

GERMAINE

Je... Je voudrais faire de la photographie avec vous.

BERTRAND

Pas vrai.

GERMAINE

Si, je vous assure, je veux bien.

BERTRAND

Pas vrai. Vous êtes là, oui ? Je vous vois, non ? vous êtes visible ? Moi, j'ai pas besoin d'un kodak pour vous voir. D'ailleurs les filles qui ont besoin d'être photographiées pour qu'on les voie, j'en suis revenu. Pourquoi pas le cinéma pendant que vous y êtes ?

GERMAINE

Mais, Bertrand, c'est vous qui vouliez que nous fassions de la photographie ensemble.

BERTRAND

Bien. Alors déshabillez-vous. C'est du nu que je voulais faire. *(Un temps.)* Alors ? vous vous déshabillez, oui ? Vous voulez que je vous aide ?

GERMAINE

Non !… Qu'est-ce qu'il faut que j'enlève ?

BERTRAND

Tout.

GERMAINE

Bon. Écoutez, allez cherchez votre kodak.

BERTRAND

Mais non. J'ai tout mon temps. Allez-y, allez-y. D'ailleurs il faut que je me rende compte si ça vaut la peine.

GERMAINE

Bertrand !… Bertrand, pourquoi êtes-vous méchant ? Vous êtes méchant.

BERTRAND

Moi, je vous le dis, Germaine : si ça continue je… je ne sais pas ce que je vais faire, je ne le sais pas du tout et je ne veux pas le savoir mais… mais je le ferai !

GERMAINE

Oh ! pourquoi êtes-vous si méchant !

BERTRAND

Allez-vous-en ! allez-vous-en ! pas par là : avec les pigeons ! et avec les haricots verts ! allez ! rendez-vous utile ! ce n'est pas dur de se rendre utile ! alors, rendez-vous utile !

GERMAINE

Je n'ai pas de beurre…

BERTRAND

En voilà ! C'est de la chance qu'il ne soit pas fondu ! allez, vite ! et tâchez qu'on mange !

Elle est sortie. Bertrand, songeur, va casser des noix.

BERTRAND

To be or not to be. Eh bien, ce n'est pas la question. Moi, je ne demande pas mieux. Qu'est-ce que c'est qu'une noix ? Rien, rien du tout. Une noix, c'est une noix. Casser une noix, c'est casser une noix. D'un côté on casse des noix, d'un autre côté on raccommode la porcelaine cassée. Et peut-être que si demain on venait me proposer de raccommoder les noix que je casse aujourd'hui, peut-être que je ne dirais pas non. Ou alors, ou alors, ou alors, il ne fallait pas inventer les casse-noix, bande de saligauds, moi je prends les choses comme je les trouve !

C'est amusant, de casser des noix. Le bruit, quand j'était petit, ça me faisait rire. Crac.

Seulement, maintenant, il faut faire attention à ne pas abîmer l'intérieur, parce que dans la confiserie, on ne plaisante pas. L'intérieur, ça ressemble à un petit cerveau, alors doucement ! On n'a pas le droit, hein ? On n'a pas le droit de vous les abîmer vos petits cerveaux. Faut faire attention. Faut être poli. Poli ! hein ?... Pauvre Yorrick, va !... eh bien moi, je les casserai comme je veux, mes noix ! Parce qu'il y a tout de même quelque chose qu'il ne faut pas oublier, c'est que pour les acheter, mes noix, il a fallu que je vende mon side-car... Mon side-car ! Pourquoi je l'ai vendu, mon side-car !

Il lâche tout et pleure.

Qu'est-ce qu'ils ont fait de ma jeunesse ! les vaches...

FIN DU DEUXIÈME ACTE

ACTE III

SCÈNE I

Fernand, Madame Séverin.

Les chapeaux ont conquis la boutique. On sait où on est. Seuls les paravents ont encore l'air de cacher quelque chose. Les horloges sont toujours là, mais rassemblées dans le hamac, et prêtes à l'emballage. Il y a aussi quelque part une roue de motocyclette, et aussi un mannequin de couture, vêtu d'une robe blanche qui le fait ressembler à Germaine [1].
La table est mise pour un goûter de quatre personnes, parce que c'est dimanche à 5 heures.
Madame Séverin et Fernand sont un peu endimanchés comme la table.
Fernand est en train de photographier la tête de Madame Séverin au moyen d'un vieux kodak sur pied. Tous deux ont sur la tête un chapeau pour dame.

FERNAND, *tout en faisant des choses au kodak :*

Allons, allons. Tout de même, faut vraiment avoir envie d'y croire !...

MADAME SÉVERIN

D'y croire… À quoi ?

FERNAND

À ce qu'elle dit.

MADAME SÉVERIN

Justement elle n'a rien dit.

FERNAND

Justement, si elle n'a rien dit… hé ! Si elle n'a rien dit !… C'est facile.

MADAME SÉVERIN

Oui. C'est qu'elle n'avait rien à dire.

FERNAND

Eh bien pas du tout. Pas du tout. Là, si vous croyez ça ! Alors, du moment que quelqu'un ne dit rien, si vous croyez que c'est qu'il n'a rien à dire ! Mais ma pauvre amie, moi qui vous parle, j'ai connu une Chinoise ! Pas plus haute que ça ! Et toute jeune ! on lui aurait donné le bon Dieu sans confession, non : ça aurait été bête, mais on lui aurait donné une fessée, tellement elle avait l'air d'une petite fille qui ne sait pas ce que c'est.

MADAME SÉVERIN

Et alors ?

FERNAND

Et alors ? Une Chinoise, je vous dis ! en plus. Eh bien je vous prie de croire que…

MADAME SÉVERIN

Que quoi ?

FERNAND

Eh bien voilà une Chinoise, vous me direz ce que vous voudrez... Oh ! elle ne disait rien ! Mais je vous jure bien que ce n'est pas parce qu'elle n'avait rien à dire.

MADAME SÉVERIN

C'était pourquoi ?

FERNAND

Elle, c'était spécial, elle ne pouvait pas, elle ne savait pas le français. Mais c'est pour vous expliquer que si Germaine ne vous a rien dit, c'est pas forcément parce qu'elle n'avait rien à vous dire, c'est peut-être parce qu'elle n'a pas pu, qu'elle n'a pas osé.

MADAME SÉVERIN

Osé quoi ?

FERNAND

Vous le dire.

MADAME SÉVERIN

Me dire quoi ?

FERNAND

Comment voulez-vous que je le sache ? Si elle ne vous le dit pas à vous, pourquoi elle me le dirait à moi ?

MADAME SÉVERIN

Alors c'est du vague.

FERNAND

C'est du vague.

Un temps.

MADAME SÉVERIN

Du reste je ne vois pas pourquoi elle m'aurait dit ça.

FERNAND

Bougez pas.

MADAME SÉVERIN

Je ne bouge pas !

FERNAND

Je vous demande pardon ! Là encore, vous venez de bouger.

MADAME SÉVERIN

Je ne bouge plus. Vite.

Un temps.

FERNAND

Bougez pas.

MADAME SÉVERIN

Je ne bouge pas.

FERNAND

Vous ne bougez pas, seulement vous bougez quand même, parce que vous pensez à autre chose.

MADAME SÉVERIN

J'ai ma tarte au four.

FERNAND

Et après ? Au four ! Elle est mieux là qu'ailleurs, votre tarte.

MADAME SÉVERIN

Ça y est ?

FERNAND

Ça y est. — Ben quoi !

MADAME SÉVERIN

Ben quoi : « ben quoi » ?

FERNAND

Souriez !

MADAME SÉVERIN

Ah !

FERNAND

Bien ! Très bien. Ne bougez plus. — Votre chapeau.

MADAME SÉVERIN

Quoi ? Mon chapeau.

FERNAND

Vous n'avez pas changé de chapeau.

MADAME SÉVERIN

Vous êtes sûr ?

FERNAND

Écoutez, Tantine, je veux bien que ce soit dimanche !...

MADAME SÉVERIN

C'est possible. *(Elle ôte son chapeau.)* Allez ! vite.

FERNAND

« Vite »…

MADAME SÉVERIN

Quoi ?

FERNAND

Non, mais voyons, écoutez, Tantine !…

MADAME SÉVERIN

Ah ! Eh bien donnez-le-moi !

FERNAND

Hein ? Ah !

Ils échangent leurs chapeaux.

MADAME SÉVERIN

En tout cas, si elle a quelque chose à me dire, je vous jure bien qu'elle me le dira. Et pas plus tard que tout à l'heure.

FERNAND

Ah, moi ! à votre place, je lui demanderais. Comme ça : rien dans les mains, rien dans les poches.

MADAME SÉVERIN

Oui, oui, occupez-vous de votre kodak.

FERNAND

Oh, moi ce que j'en dis..

MADAME SÉVERIN

Ça y est ?

FERNAND

Merveilleux. Dommage qu'on n'ait pas la couleur.

MADAME SÉVERIN

Alors allez-y, prenez-moi.

FERNAND

Alors, allons-y, je vous prends. Mais ne bougez plus.

MADAME SÉVERIN

Je ne bouge plus.

FERNAND

Eh photo, hein ?

MADAME SÉVERIN

Quoi, en photo ?

FERNAND

Je vous prends : en photo ? Hein ? Non, parce que vous me dites : prenez-moi, alors faudrait savoir.

MADAME SÉVERIN

Oh écoutez, je vous en prie, Fernand, pas maintenant.

FERNAND

Bon, alors, souriez. Voilà. Attention ! Y a un petit oiseau, un tout petit oiseau qui… va… sortir…

MADAME SÉVERIN

C'est le dernier.

FERNAND

C'est le dernier… un petit oiseau qui va sortir… Tsa tsa tsa. C'est pas un petit oiseau, qu'il y a là-dedans. Mais il y a quelque chose. Quelque chose qui se promène. Qu'est-ce que ça peut bien être…

MADAME SÉVERIN

Bon, ben écoutez, moi…

FERNAND

Bougez pas, bougez pas, je vois ce que c'est.

MADAME SÉVERIN

Bougez pas, bougez pas ! Vous ne pensez pas à ma tarte.

FERNAND

Vous m'avez dit qu'elle était au four.

MADAME SÉVERIN

Mais parfaitement.

FERNAND

Eh bien alors, ne vous en faites pas pour elle ! elle cuit.

MADAME SÉVERIN

Oui, oh, je la connais. Elle ne cuira pas longtemps. Les tartes, quand elles trouvent qu'elles ont assez cuit, elles brûlent.

FERNAND

C'est une tarte à quoi, votre tarte ?

MADAME SÉVERIN

Au fromage.

Fernand dresse l'oreille.

FERNAND

C'est pas eux qui arrivent ?

MADAME SÉVERIN

Qui ?

FERNAND

À motocyclette ?

MADAME SÉVERIN

Mais non.

FERNAND

Non, ce n'est pas eux. Attendez ! J'en ai pour une seconde. Faut que je dévisse la lentille. Quand je l'aurai dévissée, je la revisse, et je suis à vous. Il y a une mouche dedans.

MADAME SÉVERIN

Une mouche ? Au mois de janvier, il n'y a pas de mouches.

FERNAND

Ça doit être une mouche de l'été dernier qui se réveille. C'est des choses qui arrivent, ça. Une mouche qui se réveille, le temps de se réchauffer un petit peu.

MADAME SÉVERIN

Bon, ben… écrasez-la, et puis…

FERNAND

Mais oui ! Que je vais l'écraser. Tenez, la voilà… Vous verrez quand vous aurez son âge.

Il souffle dessus.

MADAME SÉVERIN

Moi ?

FERNAND

Et alors ? *(Il souffle.)* Vous voyez, elle n'a même plus la force de s'envoler.

MADAME SÉVERIN

Je suis bien tranquille que je ne serai jamais comme ça.

FERNAND

On ne se rend pas compte.

MADAME SÉVERIN

D'abord, c'est peut-être une mouche de l'été prochain, qui est en avance. Allez, revissez-la.

FERNAND

Qui ?

MADAME SÉVERIN

Votre lentille.

FERNAND, *qui suit la mouche pas à pas :*

On n'est pas pressé, ils ne sont pas encore là.

MADAME SÉVERIN

Revissez-la quand même.

FERNAND

Et puis je vous ai déjà prise.

MADAME SÉVERIN

Prise ? Comment : prise ?

FERNAND

Oh, écoutez, mon petit, vous ne pensez qu'à ça ! Hein ? Eh bien quoi ? C'est le printemps ?

La mouche l'a conduit près de Madame Séverin. Il profite de l'occasion pour peloter celle-ci.

MADAME SÉVERIN

Alors c'est fini, la photo ?

FERNAND

Oui, je ne vous l'ai pas dit, mais j'ai déjà appuyé sur la poire.

MADAME SÉVERIN

Vous auriez pu le dire.

FERNAND

Bougez pas. Je veux appuyer encore un coup…

MADAME SÉVERIN

Quand Bertrand sera là.

FERNAND

.. par acquit de conscience.

MADAME SÉVERIN

Ah !

FERNAND

Quoi ?

MADAME SÉVERIN

La mouche qui me grimpe…

FERNAND

Pauvre vieille[1].

MADAME SÉVERIN

D'abord pourquoi il n'est pas là ?

FERNAND

Bertrand ?

MADAME SÉVERIN

Oui, Bertrand, je me demande ce qu'il peut bien faire.

FERNAND

Bah ! Vous l'avez déjà vu faire quelque chose, Bertrand ?

MADAME SÉVERIN

Et vous, vous, qu'est-ce que vous faites ? Là ?

FERNAND

Rien, comme Bertrand. Je cherche la mouche. Ah, là là ! elle se dépêche, hein ? C'est naïf, ces petites bêtes.

MADAME SÉVERIN

Mais non !

FERNAND

C'est bien comme les hirondelles[1], hein ? *(Il chante :)* « Naïves hirondelles… »

MADAME SÉVERIN

Allons ! Bertrand !

FERNAND

Pas Bertrand, Fernand. Pas de ma faute s'il n'est pas là, Bertrand. Moi, je suis là, et lui Bertrand, il est ailleurs. C'est même la grosse différence qu'il y a entre Bertrand et moi, en ce moment, hein ?

MADAME SÉVERIN

Oui, eh bien, Fernand, finissez.

FERNAND

En dehors de ça, moi je veux bien qu'on change de nom. Du moment que c'est moi qui suis là. C'est comme moi si je vous appelais Germaine, hein ? — hein ma petite Germaine… Hein ? Eh ben, eh ben, Germaine ! Allons, allons…

Ils font tomber le kodak. Fernand lâche Tantine : ça lui a fait peur.

MADAME SÉVERIN

Hé !…

FERNAND

Oh, quoi ! y a pas de mal à ça, c'est mon kodak qui est tombé.

MADAME SÉVERIN

Oui, eh bien… Ça vaut mieux.

Ils écoutent en silence.

SCÈNE II

Fernand, Madame Séverin.

FERNAND

Je croyais que c'était eux.

MADAME SÉVERIN

Non. Ce n'est pas eux. Bon, eh bien… *(Elle va pour sortir, mais elle pose son chapeau sur la tête du mannequin.)*… Ce que ça lui va bien le blanc, hein ?

FERNAND, *furieux :*

Ils devraient être là ! À cette heure-ci on est là ! pour le goûter. Allez donnez-moi ça.

Il ramasse le kodak et va le ranger.

MADAME SÉVERIN

Une tarte, ça demande combien pour cuire, à votre avis ?

FERNAND

Au four ?

MADAME SÉVERIN

Oui.

FERNAND

Ça dépend du four.

MADAME SÉVERIN

Alors, il faut que j'y aille.

Elle sort.

FERNAND

Et puis, ça dépend d'à quel fromage elle est, la tarte. *(Amer.)* Ça dépend d'à quel fromage elle est la tarte ! d'à quel fromage elle est, la tarte. La tarte au fromage. Andouille, va. Tililim, pimpim, tililim[1]...

Il s'assied en lisant un vieux magazine.

Ha ! ha ! Ça c'est pas banal. Dans le golfe de Gascogne. Hé ! Tantine !

MADAME SÉVERIN

Quoi ?

FERNAND

L'obélisque, vous savez ?

MADAME SÉVERIN

Quoi l'obélisque ?

FERNAND

L'obélisque de la semaine dernière, vous savez bien ? *(Il tourne la page.)* que les Anglais avaient pris en remorque... *(Il lit.)* dans un cylindre en tôle ! « L'obélisque en question avait été arrimé dans un cylindre en tôle pourvu d'un gouvernail, nanana, nanana... en remorque par un petit steamer appelé l'*Olga.* »

MADAME SÉVERIN

L'aiguille de Cléopâtre ?

FERNAND

Oui. Ben elle a fait naufrage dans le golfe de Gascogne.

MADAME SÉVERIN

Ah oui ! je me rappelle.

FERNAND

Dans le golfe de Gascogne. Chez nous, quoi. Ah zut. *(Il lit.)* « Nous avons dit de quelle façon l'aiguille de Cléopâtre fut retrouvée au large du Ferrol par le vapeur *Fitz-Maurice*. »

Madame Séverin rentre.

FERNAND

Tenez, regardez. Il y a une belle gravure. « Naufrage de l'aiguille de Cléopâtre. »

MADAME SÉVERIN

Oui, oui. Je me rappelle.

FERNAND

Quoi : vous vous rappelez ! On ne l'a pas encore lu, celui-là.

MADAME SÉVERIN

Depuis le temps que j'ai ça, vous parlez, si je ne l'ai pas lu ! À huit ans, je savais déjà tout par cœur. Pensez : c'est le père de ma grand-mère du côté de mon père qui me les a donnés, quand il est mort.

FERNAND

Ha ! elle est bonne ! *(Il lit.)* « Le capitaine... » écoutez ça : « Le capitaine refuse de rendre l'obélisque si le gouvernement anglais ne lui verse pas une grosse somme. »

MADAME SÉVERIN

Oui, mais c'est un Anglais. Elle est à Londres, l'aiguille de Cléopâtre. Depuis, ils l'ont plantée. C'est leur place de la Concorde aux Anglais.

FERNAND

Ah ?

MADAME SÉVERIN

Vous n'avez qu'à voir, c'est dans le numéro de novembre 77.

FERNAND

Ouais, ouais…

Il lit.

MADAME SÉVERIN

Ça sent bon, hein ?

FERNAND

Quoi ?

MADAME SÉVERIN

Ma tarte au fromage.

FERNAND

Ouais.

MADAME SÉVERIN

Elle cuit, tout doucement, doucement.

FERNAND

Oui, doucement. C'est la vie !

MADAME SÉVERIN

Une Chinoise. Qu'est-ce que c'est encore que cette histoire de Chinoise ?

FERNAND

Moi ?

MADAME SÉVERIN

Oui, vous. Comme si vous aviez connu une Chinoise.

FERNAND

Mais parfaitement.

MADAME SÉVERIN

Où ? Quand ?

FERNAND

Pendant mon service militaire.

MADAME SÉVERIN

Ah bon ! Ah, parce que vous avez fait votre service militaire là-bas ?

FERNAND, *qui lit toujours :*

Là-bas, oui, à...

MADAME SÉVERIN

À Saigon ?

FERNAND

Mais non, à... dans une ville beaucoup plus connue que ça...

MADAME SÉVERIN

Oh, allez ! c'est tellement vieux.

FERNAND

Ah, c'est bête de ne pas se rappeler ce nom-là… Limoges ! à Limoges[1], j'ai fait mon service militaire.

MADAME SÉVERIN

Il y a des Chinoises, à Limoges ?

FERNAND

Non, il y en avait une.

MADAME SÉVERIN

Qu'est-ce qu'elle faisait là ?

Fernand, geste d'ignorance.

MADAME SÉVERIN

Comme quoi c'est bien vrai que les Jaunes, ça se faufile partout. Comme si moi j'allais me faufiler à Shanghai, dans les casernes.

FERNAND, *à sa lecture :*

La guerre d'Orient, dites donc, ça ne va pas trop fort.

Le bruit soudain d'une machine électrique arrête la conversation. Il vient de la boutique voisine. Le bruit cesse.

FERNAND

Je voudrais bien savoir qui c'est qui va gagner : les Russes ou les Turcs.

MADAME SÉVERIN

Les Russes.

FERNAND

Ah, ben tant mieux. Les Turcs, ils ont une sale bobine. *(Encore le bruit. Puis :)* Je me demande comment vous êtes tombée dessus, à cette demoiselle, parce qu'on peut dire que vous avez décroché la timbale.

MADAME SÉVERIN

Je ne l'ai pas interrogée sur ce qu'elle faisait. Moi, il fallait que je la vende, ma boutique. Un point c'est tout.

FERNAND

Parce qu'on ne peut pas rêver mieux, comme voisinage. Même le dimanche, on se dit : c'est dimanche, on n'aura pas de machine aujourd'hui, eh bien pas du tout. Même le dimanche, on a la machine.

MADAME SÉVERIN

Mais mon petit Fernand, dites-moi, si vous teniez à ce que je la garde, à côté de la grosse, ma petite boutique, hein ? Il fallait faire un peu attention. C'était très gentil à vous de m'installer dans un hamac, mais tout de même, dans ce cas-là, tout de même ! Il me semble qu'on vérifie les nœuds.

FERNAND

Sans compter qu'elle doit s'ennuyer, la pauvre petite, à travailler comme ça toute seule un dimanche après-midi.

MADAME SÉVERIN

Parce qu'il n'y a pas tellement longtemps que je peux marcher sans mes cannes, rappelez-vous.

FERNAND

Les Tcherkesses, c'est des Russes ou des Turcs ?

MADAME SÉVERIN

Oh, les Tcherkesses…

FERNAND

C'est comme les Bachi-Bouzouks, moi, je m'y perds.

MADAME SÉVERIN

Les Bachi-Bouzouks…

Un temps.

FERNAND

Ça sent rudement le fromage, vous ne trouvez pas ?

MADAME SÉVERIN

Oh… le fromage…

FERNAND

Oui, oh !… Tout ça… *(Il jette le magazine. Apercevant le mannequin coiffé :)* Ah, ben… tout de même, hein ?

MADAME SÉVERIN

Quoi ?

FERNAND

Il n'est pas si mal que ça, ce chapeau. Quand on le voit comme ça. Avec une robe en dessous qui va bien avec. Et puis l'allure, quoi. *(Il va palper le mannequin.)* Vous ne trouvez pas ? qu'il a quelque chose de… hein !… ah, mais !… C'est que dites donc…

MADAME SÉVERIN

Ben quoi ! c'est un chapeau ! il est gentil, voilà tout.

FERNAND

Ah mais, c'est que moi, je n'aurais pas cru, quand… *(Il se rend compte de la gaffe.)* Je vais jeter un petit coup d'œil à votre tarte, parce que vraiment ça sent le fromage, vous savez.

MADAME SÉVERIN

Oui, ben laissez-moi faire, vous voulez ? Les tartes et les chapeaux jusqu'à présent, c'est moi qui les fais, dans la maison.

FERNAND

J'ai soif.

MADAME SÉVERIN

Vous avez toujours soif.

Elle sort.

FERNAND

Oui, jusqu'à présent, c'est moi qui ai toujours soif, dans la maison. *(Il boit un fond de bouteille de vermouth. Fort, à Madame Séverin :)* Ah, c'est gai ! les dimanches. Oui ! *(Bruit de machine électrique, quelques secondes.)* Va falloir que je revisse ma lentille, moi.

Il sort dans la rue en fredonnant « Naïves hirondelles ».

SCÈNE III

Madame Séverin, Fernand.

Fernand a refermé la porte. La scène est vide. On entend Madame Séverin chanter : « Naïves hirondelles ». Puis un des réveille-matin se met à sonner, longuement.

MADAME SÉVERIN, *off :*

Vous ne pouvez pas l'arrêter, non ! Feignant !

Le réveil s'arrête tout seul. On entend Madame Séverin continuer :

Moi, je commence à en avoir assez, de toutes ces horloges, de toutes ces pendules, de tous ces réveille-matin. Faudrait tout de même qu'il pense à me remporter tout ça, ce petit traîne-savates ! Si je la laisse, elle va brûler, si je la retire, le fromage froid, c'est pas bon. Ah, là, là, quelle barbe ! quelle barbe !

Elle rentre avec la tarte.

Tant pis. S'ils ne viennent pas, on est bien assez grand pour la manger tout seul, ma tarte.

Elle s'aperçoit que Fernand est sorti, pose la tarte et va écouter près du mur de droite. On entend vaguement Fernand tailler une bavette avec la voisine. Au bout d'un moment, Madame Séverin se décide à y aller. Elle sort.

La scène est vide. Un réveil se met à sonner, s'éteint doucement. Le chapeau tombe du haut du mannequin. La voix de Madame Séverin intervient dans la bavette de la voisine et de Fernand. Puis plus rien. Puis le bruit de la machine électrique.

Fernand rentre, suivi de Madame Séverin.

Un temps. Puis Fernand, furieux, hurle dans le bruit :

FERNAND

Maintenant, on en a pour tout l'après-midi !

MADAME SÉVERIN, *hurlant :*

Quoi ? Quoi ?

FERNAND, *hurlant :*

C'est malin ! Hou ! Y a des moments, je ne sais pas ce que je te…

MADAME SÉVERIN, *hurlant :*

Qu'est-ce que tu dis ? Non mais quoi ? Qu'est-ce que tu dis ? Répète un peu !

FERNAND *la nargue :*

Nianiania !

La voisine arrête sa machine électrique. Dans le silence :

FERNAND

Ah ben ! c'est malin. On est bien avancé maintenant.

MADAME SÉVERIN

Qu'est-ce que vous avez dit ? Répétez-le un peu, pour voir.

FERNAND

Non.

MADAME SÉVERIN

Vous ne voulez pas le répéter.

FERNAND

Non. Pourquoi ?

MADAME SÉVERIN

Parce que je n'ai pas entendu.

FERNAND

Ben, tant pis. Il y a des choses qu'on dit comme ça, quand il y a beaucoup de bruit, et puis, quand il n'y a plus de bruit du tout, eh bien, ce n'est plus la même chose, alors on n'a plus envie de les dire.

MADAME SÉVERIN

Eh bien, bravo. Félicitations. À votre âge, c'est vraiment ce qu'on peut espérer de mieux !...

FERNAND

Ça sent toujours le fromage.

MADAME SÉVERIN

Une petite fille ! Une petite fille qui fait ce qu'elle peut, dans la vie, avec son outillage tout ce qu'il y a de plus moderne, pour gagner sa vie et celle de son vieux père qui n'a plus de quoi...

FERNAND

Forcément, il est mort.

MADAME SÉVERIN, *sans l'entendre :*

... Une petite fille vêtue de rien, en tutu, en robe de communion, presque ! On lui donnerait le bon Dieu sans confession, et voilà : voilà ce que Monsieur a trouvé de mieux pour tourner autour, à son âge !

FERNAND

Moi ! tourner autour de cette petite euh…

MADAME SÉVERIN

Vous pouvez dire le mot : de cette petite gourgandine, oui !

FERNAND

Allons, allons, allons…

MADAME SÉVERIN

Mais comment donc !… Vous pensez comme je le connais, le petit manège, et je te tortille de la croupe, et je te remonte ma jupe jusqu'à la cuisse, et asseyez-vous Monsieur, et allez-y le voilà qui bave. Mais mon pauvre ami, vous croyez que je ne l'ai pas fait avant vous, tout ça, hein ? Moi aussi j'en ai eu, des escadrons autour de mes fesses rien qu'à hausser les épaules ! Ce n'est pas à moi qu'il faut venir jouer les enfants de chœur.

FERNAND

Oh, ça, pour ce qui est des enfants de chœur, hein ? dites… Ah, ben la voilà la tarte au fromage.

MADAME SÉVERIN

Mais dites-le un peu, que ce n'est pas vrai !

FERNAND

Mais non, ce n'est pas vrai, voyons, Tantine ! À mon âge.

MADAME SÉVERIN

Vous êtes faux, faux ! Regardez-moi cette tête ! On dirait un Turc !

FERNAND

Un Turc ! eh ! Oh, quand même ! Un Turc, vous y allez fort !

MADAME SÉVERIN

Mais moi, qu'est-ce que vous voulez que ça me fasse, que vous lui tourniez autour, à cette petite ! et même en admettant que vous arriviez à la trousser, qu'est-ce que vous croyez que ça peut me faire ?

FERNAND

Je ne sais pas, moi.

MADAME SÉVERIN

Hein ? à mon âge.

FERNAND

Je ne sais pas si ça vous ferait quelque chose, mais...

MADAME SÉVERIN

Si vous lui plaisez, moi, quel mal voulez-vous que j'y trouve ?

FERNAND

Mais je ne lui plais pas, voyons !

MADAME SÉVERIN

Oh ! un rêve ! Dites ! Bertrand ! Hein...

FERNAND

Mais pas du tout. D'abord, je ne m'appelle pas Bertrand, moi ! Justement. Et puis ce n'est pas de ma faute si je la fais rire, cette petite. Elle n'a pas tant de distractions.

Fernand a toujours un chapeau de dame sur la tête.

MADAME SÉVERIN

Quoi ?

FERNAND

Je dis : je la fais rire. Je l'amuse. Qu'est-ce que vous voulez. Tout à l'heure, rien qu'à me voir arriver, comme ça, eh bien tout de suite elle s'est mise à rire. Quoi ! C'est bien, ça, non ? Elle qui est toute triste d'habitude. Eh bien, si vous l'aviez vue ! Ha ! Pliée en deux, elle était. Et je vous dis ! rien que de me présenter, comme ça, sans chercher midi à quatorze heures.

MADAME SÉVERIN

Ah, elle a ri ?

FERNAND

Oui. Elle a ri. Elle a même rigolé. Sans vouloir me mettre au pinacle, le fait est qu'elle a rigolé. Eh ben…

MADAME SÉVERIN

Ah, elle a rigolé, hein ?

FERNAND

Eh oui.

MADAME SÉVERIN

Ben, y a de quoi.

Un temps.

FERNAND

Quoi ! y a de quoi. Qu'est-ce que ça veut dire, ça ! y a de quoi ?

MADAME SÉVERIN

Ah oui, y a de quoi !

FERNAND

Quoi ?... Qu'est-ce qu'il y a ?... J'ai quelque chose de spécial ?

MADAME SÉVERIN

Un peu, oui.

FERNAND

Allons, allons. Qu'est-ce que vous allez chercher. Cette petite, elle a ri sans arrière-pensée.

MADAME SÉVERIN

Oh oui, sûrement. Avec ce que vous avez sur la tête.

Un temps. Fernand prend conscience de son chapeau.

FERNAND

Oui. Oui. Ben... Je ne vois pas ce que ça a de tellement drôle. Vous êtes euh... Ah, on peut dire que vous êtes naïve ! Si vous croyez que c'est ça qui...

MADAME SÉVERIN

Si ce n'est pas ça, je voudrais bien savoir ce que c'est, par exemple.

FERNAND

Oui. Oh ! ça va.

MADAME SÉVERIN

Mais allez ! dites !

FERNAND

Vous pensez comme je vais vous le dire.

MADAME SÉVERIN

Vos illusions, vous.

FERNAND

D'ailleurs, que ceux qui ont des oreilles entendent ! et ceux qui n'ont pas d'yeux pour voir ne verront rien du tout.

MADAME SÉVERIN

Oui, eh bien ne touchez pas à ma tarte.

FERNAND

Elle va refroidir.

MADAME SÉVERIN

Pas une raison pour poser mon chapeau dessus.

Elle la prend.

FERNAND

Qu'est-ce que vous voulez que j'en fasse. Tiens… *(Il en coiffe le mannequin. Apercevant celui qui est tombé :)* Et celui-là, c'est pour jouer au football ?

MADAME SÉVERIN, *à sa tarte :*

Quelle heure est-il ?

FERNAND

Je ne sais pas. *(Il ramasse le chapeau et le met sur sa tête.)* Avec ce tas de pendules, faudrait faire un calcul. Attendez une petite minute, tiens ! je vais vous dire ça.

Il commence à additionner les heures de toutes les horloges.

MADAME SÉVERIN

Je ne vais tout de même pas la remettre au four.

FERNAND

Si, à votre place, moi, j'irais. Et onze, quarante-deux.

MADAME SÉVERIN

Et pendant ce temps-là, qu'est-ce que vous feriez, Bertrand ?

FERNAND

Moi, je ferais le calcul. Et huit, cinquante ; Et puis ne m'appelez pas Bertrand. Bertrand par-ci, Bertrand par-là, moi, ça m'agace.

MADAME SÉVERIN

Oh là là !... Ce que je suis fatiguée. Si au moins je pouvais compter sur vous, Fernand.

FERNAND

Allez donc remettre votre tarte au four. Bertrand ne va pas tarder.

MADAME SÉVERIN

Je n'aurai pas mis le pied dans la cuisine qu'il sera déjà dehors. À faire des ronds de jambe, gâteux comme il est.

FERNAND

Qui « lui » ?

MADAME SÉVERIN

Vous savez très bien de qui je parle.

FERNAND

Mais oui, mais oui, allez ! votre tarte ! Il ne bougera pas, votre gâteux. 58 et 4, 62.

MADAME SÉVERIN

Parce que… faut le voir à l'œuvre. Les ronds de jambe, ça va, mais faut voir ça quand c'est au pied du mur.

FERNAND

Pas de ma faute.

MADAME SÉVERIN

C'est de la mienne.

FERNAND

Hier soir ? Qu'est-ce que vous voulez, Tantine, hier soir, j'ai bien essayé de penser à autre chose, comme d'habitude, mais je n'y suis pas arrivé. Ce qu'il y a, voyez-vous, c'est que vous avez de la présence.

MADAME SÉVERIN

Ah oui.

FERNAND

Oui. De plus en plus. Votre volume, tout. Quand vous êtes là, moi, j'ai beau faire, je n'y arrive plus, à faire comme si vous n'étiez pas là. Cent neuf. Reste plus qu'à diviser par le nombre d'horloges. C'est que !… On ne peut pas en dire autant de tout le monde, vous savez !

MADAME SÉVERIN

Un jour, je m'en irai.

FERNAND

Avec votre tarte ?

Un temps, Fernand se rend compte qu'il est allé un peu loin.

FERNAND

Non. Ce n'est pas ça, allez.

MADAME SÉVERIN

Bertrand…

FERNAND

Fernand.

MADAME SÉVERIN

Fernand… Si vous voulez vraiment faire rigoler la petite… moi…

FERNAND

Mais non.

MADAME SÉVERIN

Allons ! Il n'y a qu'à vous voir.

FERNAND

Mais qu'est-ce qu'ils font ! Bon Dieu ! qu'est-ce qu'ils font ! À 3 fois 8, 24, et 5, 29, et je retiens 2, 8 fois 1, 8, et 2, 10, 8 heures virgule 9 ! C'est-à-dire 8 dixièmes, ça vous fait dans les neufs heures moins cinq ! En moyenne, je veux bien, ça c'est de la statistique, mais… Pourtant, il en a besoin, de ce pneu, non ? Alors, pourquoi il ne vient pas le chercher ? Non, mais pour qui ils se prennent ? à neuf heures moins cinq !

MADAME SÉVERIN

Ah, je vais la remettre au four, tiens.

Fernand est sensible au ton désabusé de Madame Séverin.

FERNAND

Tantine…

MADAME SÉVERIN

Non, non, je vous en prie.

FERNAND

C'était pour vous faire rire, que je disais neuf heures moins cinq, quoi, qu'est-ce que je vous ai fait ?

MADAME SÉVERIN

Rien du tout. Je vais la remettre au four : je vais la remettre au four.

FERNAND

Qu'est-ce qu'elle a ? Non, mais qu'est-ce qu'elle a ?

MADAME SÉVERIN

Qu'est-ce que j'ai ? Eh bien je vais vous le dire, ce que j'ai, menteur.

FERNAND

Quoi ! menteur ! Quoi, quoi, quoi ?

MADAME SÉVERIN

Qu'est-ce qui vous faisait rigoler, tout à l'heure, avec la petite ?

FERNAND

Vous le savez bien ! le chapeau.

MADAME SÉVERIN

Menteur !

FERNAND

Mais si. Mais si. Mais si. Pauvre petite. Vous l'avez bien vue, avec sa petite robe blanche, l'air de rien, toute triste. Alors. On a rigolé quoi.

MADAME SÉVERIN

Oui.

FERNAND

Oh, bien sûr ! mais… Mais non, mais non, vraiment vous auriez tort. Voilà : on était comme ça l'un en face de l'autre, moi avec mon chapeau sur la tête, et puis… et puis quoi ? Rien, rien du tout : on a rigolé.

MADAME SÉVERIN

Alors, dites-moi ce que vous cachez dans votre main.

FERNAND

Dans ma main ?

MADAME SÉVERIN

Oui, depuis que vous êtes revenu.

FERNAND

Rien, rien du tout. C'est... c'est un bouchon. Rien, quoi.

MADAME SÉVERIN

Montrez-le-moi.

FERNAND

Je n'ai aucune raison de vous montrer ce bouchon.

MADAME SÉVERIN

Menteur.

FERNAND, *soudain :*

Eh bien non ! là. Ce n'est pas un bouchon ! Ce n'est même pas un bouchon du tout ! Tenez ! Regardez-la ! Regardez-la bien ! vous comprenez ! Vous savez ce que c'est maintenant ?

MADAME SÉVERIN

Qu'est-ce que c'est ?

FERNAND

C'est une lentille ! Parfaitement, une lentille. Ça vous embête, hein ? Eh bien ça m'est complètement égal !

MADAME SÉVERIN

Ah !

FERNAND

Complètement égal.

MADAME SÉVERIN

Oui. Eh bien moi... qu'est-ce que vous voulez que je vous dise. Moi aussi, ça m'est égal.

FERNAND, *après un temps :*

Oui. Eh bien alors, je vais la revisser.

MADAME SÉVERIN, *après un temps de désarroi :*

Qu'est-ce qu'on fait ? On la mange ?

FERNAND

Oui, oh...

MADAME SÉVERIN

Oh... *(Elle pose sa tarte et paraît lasse.)*... Je ne sais pas. Je ne sais pas ce que je fais, je ne sais pas ce que je dis. Je ne sais pas ce que vous dites, ce que vous faites. Oh... Écoutez voyons, qu'est-ce qu'il y a ? Qu'est-ce qu'il y a, Bertrand ? Vous allez, vous allez ! Bertrand...

FERNAND

Je ne suis pas là. Si vous m'appelez Bertrand, il n'est pas là.

MADAME SÉVERIN

Oui, enfin, c'est la même chose. Qu'est-ce que vous avez, Fernand ?

FERNAND

J'ai une lentille à revisser.

MADAME SÉVERIN

Revissez-la. Qu'est-ce qu'il y a, Fernand ? Vous ne m'aimez plus ?

FERNAND

Je ne peux pas faire deux choses à la fois ! revisser une lentille et vous aimer, Madame !

MADAME SÉVERIN

Bertrand !

FERNAND

Et puis, ce que j'ai justement, c'est que je ne m'appelle pas Bertrand ! Même quand je suis en train de revisser une lentille, Madame !

MADAME SÉVERIN

Ne m'appelez pas Madame !

FERNAND

Ne m'appelez pas Bertrand !

Madame Séverin s'affaisse et pleure.

SCÈNE IV

Fernand, Madame Séverin.

FERNAND

Tantine… t'es pas folle ? Qu'est-ce qu'il y a, hein ? Qu'est-ce qu'il y a encore ? Tu veux que j'aille te chercher encore un tube d'aspirine ? avec un grand verre d'eau ? En Suisse ?

MADAME SÉVERIN

Non.

FERNAND

Alors !… Tu sais bien que c'est fini, tout ça.

MADAME SÉVERIN

Les verres d'eau ? C'est fini les verres d'eau ?

FERNAND

Quoi ! Tu as encore soif ?

MADAME SÉVERIN

Oh, soif !…

FERNAND

Ben alors, t'as qu'à pas pleurer, ma petite fille. Pleurer, ça dessèche.

MADAME SÉVERIN

Je n'ai plus que toi, moi…

FERNAND

Faut avouer que ce n'est pas grand-chose.

Un petit coup de machine électrique.

MADAME SÉVERIN

Elle t'appelle.

FERNAND

Oui, ch…

MADAME SÉVERIN

Vas-y, va.

FERNAND

Mais oui. Que je vais me déranger. Les petites garces. Toutes sur le même modèle. C'est comme Germaine, tiens. Sa robe, ça ne l'intéresse plus, elle ne viendra pas la chercher, va ! ça se promène la fesse à l'air, pour la motocyclette, c'est bien tout ce qu'il faut.

MADAME SÉVERIN

Dis pas ça, Fernand.

FERNAND

Après tout ce qu'on a fait pour elle.

MADAME SÉVERIN

Tu dis ça parce que tu ne l'as pas connue toute petite.

FERNAND

Et toi ?

MADAME SÉVERIN

Moi non plus. Mais Bertrand.

FERNAND

Un beau dégoûtant, Bertrand.

MADAME SÉVERIN

Pas si tu l'avais connu haut comme ça. Tout blond il était.

FERNAND

Tout blond !

MADAME SÉVERIN

Oui, sur deux petites jambes. Il était beau. Tellement ! on aurait dit un bébé en celluloïd. Dans l'eau surtout. Et par terre, comme il courait vite ! on ne le voyait plus, on criait, alors le voilà qui revenait, on le voyait au bout de l'allée, encore plus petit, un bout de chou dans la perspective, mais il avait déjà des grands yeux qui vous regardaient. Moi, je lui disais : Bertrand, tu as les yeux plus grands que le ventre, mais non ! À peine l'assiette devant lui qu'elle était vide, et pas difficile : il adorait la panade. Il avalait sa panade en riant ! et ce qu'il plaisait ! On lui disait : Bertrand, ce n'est pas bien, comme ça, de courir les petites filles et de leur tourner la tête ; alors il répondait : moi je préfère ma panade. Un gosse en or, avec une âme ! une âme plus grande que lui. Et tout, quoi. Le jour de sa première communion, il a récolté tous les bouts de cierge de l'église pour les donner à sa cousine Yvette, le curé était furieux ! Et plus tard, même ! quand il a ramené la petite Solange dans mon lit, un soir que je ne devais pas rentrer à cause des chemins de fer en grève, il a dit à Solange : va-t'en ! et il m'a demandé pardon. J'en pleurais. La petite Solange aussi, en pleurait. Lui, bien sûr, à son âge, il ne pleurait déjà plus.

FERNAND

La petite Solange, tiens, en voilà une qui faisait bien de la motocyclette.

MADAME SÉVERIN

Oh, vous !

FERNAND

Oui. Elle en faisait bien, de la motocyclette, celle-là.

MADAME SÉVERIN

Toujours la motocyclette. On dirait qu'il n'y a que ça qui compte pour vous, la motocyclette.

FERNAND

Et je dis : la motocyclette ! toute seule, hein ! Pas sur le siège arrière. Ha ! vous l'auriez vue ! comme ça : Prrrrrr… Une vraie petite femme. Et la mécanique, tout, elle la connaissait, sa moto ! D'ailleurs, c'est comme ça qu'on l'a rencontrée, tous-les-deux-Bertrand. Moi, j'étais à fumer mon cigare, je me revois, après le déjeuner, dans le side, lui il était sur le car, et ça fonçait ! le side-car de Bertrand, c'était pas un bibelot, hein ! On se tapait le 130 ! Tout à coup, qu'est-ce qu'on voit ! ha ! mon vieux : couiiiiiiic ! voilà mon Fernand qui vous bloque ses freins. Solange, sur le bord de la route, sa moto couchée dans l'herbe, en train de déboucher son gicleur ! soufflé, on était. Et toutes ses bougies dans la nature, on aurait dit un feu d'artifice ! Vous pensez si on l'a prise en remorque ! Non, mais, sans blague, elle n'était pas ordinaire, Solange. Et avec ça, toute fraîche, toute mignonne, et pas grande, le genre cornet panaché vanille-framboise, une vraie friandise, la vraie grenouille ! Tiens ! voilà ce qu'il nous faut : Solange.

MADAME SÉVERIN

Solange ?…

FERNAND

Pour les photos. Si Germaine ne vient plus.

MADAME SÉVERIN

Comment : si Germaine ne vient plus ?

FERNAND

Oh non, parce que… Madame Séverin, ce n'est pas un boulot pour vous, ça, la photo.

MADAME SÉVERIN

Comment, comment ?…

FERNAND

Mais non, vous verrez. Les chapeaux, ça va, mais la photo, vous verrez au point de vue publicité, ce n'est pas rentable.

MADAME SÉVERIN

La photo ! la photo ! la moto ! Tout ça, ça m'est bien égal !

FERNAND

Mais oui ! Vous, c'est pas la photo, c'est pas la moto, c'est le chapeau.

MADAME SÉVERIN

Solange, Solange ! elle ira faire de la photo et de la moto où elle voudra, mais elle ne mettra pas les pieds ici !

FERNAND

Bon, ben… ce n'est tout de même pas vous qui remplacerez Germaine !

MADAME SÉVERIN

Germaine !

FERNAND

Moi, ça va pour une fois, mais…

MADAME SÉVERIN

Mais qui est-ce qui vous a dit qu'elle ne reviendrait pas, Germaine ?

FERNAND

Comment qui ? Elle.

MADAME SÉVERIN

Elle, elle était là il y a huit jours ! Pourquoi elle ne viendrait pas aujourd'hui ? Que c'est dimanche ! Qu'il y a de la tarte au fromage !

FERNAND

Parce qu'elle ne vous a pas dit qu'elle viendrait.

MADAME SÉVERIN

Germaine ?

FERNAND

Bertrand non plus.

MADAME SÉVERIN

Germaine ne m'a pas dit qu'elle ne viendrait pas.

FERNAND

Alors, qu'est-ce qu'elle vous a dit ?

MADAME SÉVERIN

Rien !

FERNAND

Rien !

MADAME SÉVERIN

Rien !

FERNAND

Eh bien, si ça vous suffit, moi non plus je ne vous dis plus rien. D'ailleurs, je vous l'ai déjà dit tout à l'heure.

SCÈNE V

Madame Séverin, Fernand.

MADAME SÉVERIN

Germaine, elle me l'aurait dit. C'est une brave fille, Germaine.

FERNAND

Oh ça ! pour ça ! votre petite nièce aussi, là, comment donc… Yvette aussi, c'était une brave fille… total…

MADAME SÉVERIN

Bien sûr ! Tout le monde ne peut pas s'appeler Solange.

FERNAND

Oh, ça…

Il entreprend de déboucher une bouteille neuve.

MADAME SÉVERIN

Ivrogne !

FERNAND

Mais oui. Quand je pense à Bertrand, tiens ! avec sa moto ! que tout ce qui le passionne, ce petit, ce n'est pas seulement le moteur de sa moto, c'est le moteur de toutes les motos en général, y compris les moteurs d'avion ! Et que cette petite, cette chose, là, comment vous l'appelez, déjà ? Germaine ! J'ai essayé de lui expliquer le principe du moteur deux temps, c'est rien, ça !… Pah ! Ah oui ! ce n'était même pas de l'incompréhension : elle bâillait. Alors, vous les voyez tous les deux, à Pontoise, dans un garage, lui dans le cambouis jusqu'aux oreilles, et elle qui bâille ! qui bâille ! lui qu'il suffit d'une mouche pour qu'il tombe dans la panade, avec le moral qu'il a ! Ah, je les vois ! ah oui ! C'était bien la fille qu'il lui fallait, à Bertrand, tiens !

MADAME SÉVERIN

Et elle ? Elle, vous croyez que c'était bien le garçon qu'il lui fallait, à elle ?

FERNAND

Elle ? elle bâille ! alors…

MADAME SÉVERIN

Elle bâille ! eh bien c'est ça qui prouve qu'elle s'amuse ! À Pontoise ! dans un garage, avec le cambouis jusqu'aux oreilles, cette pauvre petite ! Que jamais je n'ai vu une petite fille douée comme elle pour le chapeau !

FERNAND

Le chapeau !

MADAME SÉVERIN

Le chapeau pour dame, bien entendu. Parce que, pour coiffer des têtes comme les vôtres, faudrait vraiment avoir le goût du vice.

FERNAND

Ah je pense bien ! ne vous en faites pas ! on vous les laisse, vos chapeaux ! nous, on perd ses cheveux et on est chauve, on trouve ça plus joli.

MADAME SÉVERIN

Plus joli !

FERNAND

Et surtout moins tarte.

MADAME SÉVERIN

Tarte !

FERNAND

Au fromage.

MADAME SÉVERIN

Andouille ! Tarte, mes chapeaux ! et vos motos, elles ne le sont pas, tartes !

FERNAND

Elles pétaradent !

MADAME SÉVERIN

Pauvres péteux ! pétarader, c'est pas tarte, peut-être, pauvre type ! Pttt...

FERNAND

Elles partent, nos motos !

MADAME SÉVERIN

Ptt ! Piteux, vous êtes. Elles partent ! Oui, vous devant, pauvres patates, et nous patraques par-derrière, ça vous est bien égal, elles partent ! et puis elles n'arrivent pas.

FERNAND

Elles n'arrivent pas !…

MADAME SÉVERIN

Celle de Bertrand, en tout cas, elle n'arrive pas.

FERNAND

Oh dites, eh !

MADAME SÉVERIN

Je les vois tous les deux, tiens ! écrasés contre l'écorce d'un arbre, avec leur moto au-dessus d'eux dans les branches.

FERNAND

Oh, mais non, mais dites eh, tout de même, Tantine, allez-y mou.

MADAME SÉVERIN

Je sais bien qu'il ne faut pas souhaiter le pire…

FERNAND

Ah !… Non !…

MADAME SÉVERIN

Mais je la vois mal partie, la pauvre petite.

FERNAND

L'avait qu'à pas partir.

MADAME SÉVERIN

C'est pour ça que je dis qu'elle reviendra.

FERNAND

Alors c'était pas la peine de la mettre à la porte.

MADAME SÉVERIN

Hein ? Moi ?

FERNAND

Vous.

MADAME SÉVERIN

Elle a suivi Bertrand.

FERNAND

Oui, mais qui c'est qui l'a mis à la porte, Bertrand ?

MADAME SÉVERIN

C'est lui, qui s'est mis à la porte.

FERNAND

Fallait l'en empêcher.

MADAME SÉVERIN

Lui ? Bertrand ! Mais qu'est-ce que vous vouliez que j'en fasse, de Bertrand ?

FERNAND

Ce pauvre petit, tout blond, qui courait dans les allées en réclamant sa panade !

MADAME SÉVERIN

Oh, oui, eh, dites, ça faisait un moment qu'il ne la réclamait plus, sa panade.

FERNAND

Vous n'auriez pas voulu ! À son âge, depuis vingt ans qu'il courait dans les allées en criant : ma panade ! il pouvait se taire un peu. Il pouvait tout de même espérer que sa panade il n'avait plus besoin de crier pour qu'on la lui donne.

MADAME SÉVERIN

À son âge, sa panade, on ne la demande plus ! on la prend.

FERNAND

Alors il s'est dit : bonsoir la compagnie, ma panade, je vais la prendre ailleurs. Et il est parti.

MADAME SÉVERIN

Eh bien tant mieux pour lui. Mais la petite, il n'avait pas besoin de l'emmener.

FERNAND

Elle n'avait pas besoin de se laisser emmener. C'est ce que je dis : ils sont partis.

MADAME SÉVERIN

Mais non, ils ne sont pas partis. On ne part pas comme ça sans prévenir ! on ne part pas comme ça sans savoir l'endroit !

FERNAND

L'endroit : Ah ! ma pauvre Tantine ! on voit bien que vous ne savez pas ce que c'est qu'un endroit ! Mais il y en a partout des endroits ! on ne peut pas faire un pas sans poser le pied dessus. Mais regardez autour de vous, ma pauvre amie ! À droite, à gauche, en bas, en l'air, derrière les paravents, partout vous en verrez, des endroits !

MADAME SÉVERIN

Y en a des bons et des mauvais.

FERNAND

Mais les mauvais, on s'y habitue ! Prenez cette boutique, par exemple, est-ce que je ne m'y suis pas habitué, moi ? Et en moins de deux !

MADAME SÉVERIN

Naturellement ! Quand on tombe sur une boutique ! Dites donc ! mais si vous étiez tombé ailleurs ! dans la panade, par exemple, eh bien, ce n'est pas en moins de deux qu'on s'y habitue.

FERNAND

Ça m'aurait demandé plus de temps, voilà tout. Et du temps, c'est pas ça qui manque, il y en a toujours, c'est comme les endroits. Puis, en plus, ça ne coûte rien.

MADAME SÉVERIN

Le temps ? Ça coûte tout de même de quoi le passer, le temps. Ce n'est pas le temps qui vous nourrit.

FERNAND

Pour se nourrir, ce n'est pas compliqué, allez — on mange. On mange, voilà tout !

MADAME SÉVERIN

On mange quoi ?

FERNAND

Ce qui se présente. Je ne sais pas, moi. Une tarte au fromage.

MADAME SÉVERIN

Pour manger de la tarte au fromage, il faut aller dans un endroit où il y en a, de la tarte au fromage.

FERNAND

Y a de la tarte au fromage partout.

MADAME SÉVERIN

Non.

FERNAND

Oh ! Partout où il y a du fromage, bien sûr.

MADAME SÉVERIN

Et de la tarte, oui. Ils ne sont pas partis bien loin, allez. Ils reviendront.

FERNAND

Je ne dis pas non.

MADAME SÉVERIN

Ils reviendront.

FERNAND

Je ne dis pas non.

MADAME SÉVERIN

Ils reviendront.

FERNAND

Ils seront bien avancés.

Cependant il a versé le vermouth.

Allez, à la vôtre. Et puis nous aussi, nous serons bien avancés…

Mais qu'ils y aillent ! qu'ils y aillent dans des endroits ! qu'ils la mangent, leur tarte au cambouis ! moi, je n'en ai pas besoin. Quoi ? Tantine, vous en avez besoin, vous, de leur tarte au cambouis ?

MADAME SÉVERIN

Vous ne pensez qu'à vous.

FERNAND

Mais eux, puisqu'ils aiment ça ! puisque ça leur plaît ! puisque c'est de leur âge. Faut pas les obliger. C'est vous qui ne pensez qu'à vous.

MADAME SÉVERIN

Moi ? c'est en pensant à moi, peut-être, que je me suis dit : tiens, cet après-midi, je vais faire une tarte au fromage !

FERNAND

Oh, je sais bien que ce n'était pas à vous que vous pensiez. Ce n'était pas à moi non plus, d'ailleurs.

MADAME SÉVERIN

Pas à vous, pas à vous…

FERNAND

Allez, je le sais bien ! que je ne compte pas beaucoup pour vous.

MADAME SÉVERIN

Oh, Fernand, vous dites toujours la même chose.

FERNAND

Parce que c'est vrai. Et puis, c'est de ma faute tout ça.

MADAME SÉVERIN

Tiens ! les voilà !

FERNAND

Où ?

MADAME SÉVERIN

La motocyclette.

FERNAND

Hein ? Mais non, c'est la petite d'à côté qui moud son café.

MADAME SÉVERIN, *buvant :*

C'est bon, ça, qu'est-ce que c'est ?

FERNAND

Je ne sais pas. De l'eau de Javel.

MADAME SÉVERIN

De l'eau de Javel ! ha ! vous vous rappelez ?

FERNAND

Oui, oui.

MADAME SÉVERIN

Ce qu'on riait ! tenez, moi, j'étais là, Germaine ici, Bertrand là-bas, et vous… Où est-ce que vous étiez, déjà ?

FERNAND

Ici. Oh !… Et puis vous voyez : on ne se tutoie même plus.

MADAME SÉVERIN

Oh ben, Fernand, quoi !…

FERNAND

D'ailleurs, ce n'est pas vrai : on ne riait pas tellement. Maintenant, qu'est-ce que vous voulez, moi, j'inviterais bien Duchenard, mais vous ne l'aimez pas. Et puis, c'est exact, depuis quelque temps il est devenu moins drôle, Duchenard. Et puis je suis bien obligé de reconnaître que Duchenard, il ne s'en rend probablement pas compte, mais il sent de plus en plus mauvais. Il pue, Duchenard. Il y aurait bien…

MADAME SÉVERIN

Elle ne voudrait pas.

FERNAND

Ça, ça… c'est autre chose. Mais qu'est-ce qu'on en ferait ?

MADAME SÉVERIN

Eh oui !

FERNAND

Alors ? *(Il se verse à boire.)* Qu'est-ce que vous voulez que je fasse ?

MADAME SÉVERIN

Mais rien, Fernand ! Qui est-ce qui vous demande quelque chose ?

FERNAND

Personne. Oh, ça ! pour ça je suis tranquille ! Personne ne me demande plus rien.

MADAME SÉVERIN

Alors…

FERNAND

Personne n'a plus besoin de moi, quoi.

Il remplit le verre de Madame Séverin.

MADAME SÉVERIN

Comment, besoin de vous ! Mais qu'est-ce que je ferais sans vous, moi ? Qui est-ce qui me ferait mes courses d'épingles et de mousseline ? Et mes velours, ma sparterie, mes pailles et mes feutres, et cette grande caisse de garniture, plumes, fleurs et rubans, qui est là, que vous m'avez rapportée hier sur votre dos ! qui s'en chargerait, si vous ne vous en chargiez pas ! Fernand ! Mais je ne pourrais plus me passer de vous !

FERNAND, *qui la trouve mauvaise :*

Oui, oh ! ça ! bien sûr !

MADAME SÉVERIN

Voyons, voyons, voyons, mon gros mignon, qu'est-ce qu'il y a qui ne va pas, hein ? Allez, on va tout dire à sa petite Tantine. *(Elle va s'asseoir sur ses genoux.)* Hein ? on n'a pas le teint bien frais, il me semble. Et il est tout maigre, regardez-moi ça.

FERNAND

Attention à mon verre.

MADAME SÉVERIN

Tu bois trop. Il n'y a pas à chercher plus loin. Et puis, tu ne manges pas.

FERNAND

Je ne mange pas ! je ne mange pas tout le temps, non !

MADAME SÉVERIN

Écoute.

FERNAND

Oui.

MADAME SÉVERIN

Écoute, écoute, petit Fernand. Tu sais, la tarte, la bonne tarte au fromage.

FERNAND

Oui.

MADAME SÉVERIN

Qu'est-ce que tu dirais si on commençait à la manger sans eux.

FERNAND

La tarte au fromage ?

MADAME SÉVERIN

Ah tout de même, ça nous intéresse un petit peu, ça ! hein, mon mignon…

FERNAND

Tu me fais mal aux genoux.

MADAME SÉVERIN

Embrasse-moi.

FERNAND

En combien je la coupe ? en deux ?

MADAME SÉVERIN

Un petit baiser d'abord.

FERNAND

Mon verre, nom d'un petit bonhomme ! Mais enfin, qu'est-ce que vous chercher, hein ? Qu'est-ce que vous voulez ? Quoi ?

MADAME SÉVERIN

Moi ?

FERNAND

Aïe ! mon genou…

MADAME SÉVERIN

Oh bon, bon, très bien. *(Elle se lève et reprend sa chaise.)* Faites plaisir aux gens.

FERNAND

Me faire plaisir ! Je veux bien ! Je la veux bien votre tarte. C'est pas une raison pour me déboîter le genou... Alors, je la coupe en deux ?

MADAME SÉVERIN

Ah non, tout de même. Faut leur en laisser un bout, s'ils arrivent.

FERNAND

Ah, là, là, vous ! En tout cas, moi je sais ce que je vais faire, tiens. Tout ça, ce n'est plus de notre âge.

MADAME SÉVERIN

Plus de notre âge ! Si Germaine était là, je suis sûre que vous ne diriez pas que ce n'est pas de votre âge.

FERNAND

Parce que c'est de son âge. Et puis finissons-en avec votre tarte, parce que s'ils ne viennent pas, moi, je vais me remettre à mon truc.

MADAME SÉVERIN

Mais oui ! Laissez-moi tomber.

FERNAND

Tiens ! *(Un petit temps : Madame Séverin croit qu'il s'agit d'un éventuel bruit de motocyclette. Mais Fernand s'explique :)*

La mouche qui revient… Ah ! alors, on a senti le fromage, hein ? Regardez-la si elle comprend !

MADAME SÉVERIN

Mais oui, mais oui… Une mouche.

FERNAND

Oh, bien sûr ! hein ? Qu'est-ce que c'est qu'une mouche. On est tellement plus intelligent, on a tellement des choses plus importantes dans la tête.

MADAME SÉVERIN

Oh ça ! vous parlez pour vous ! Fernand. Si vous saviez à quel point je me sens bête et petite !

FERNAND

Allons !

MADAME SÉVERIN

Mais moi, Fernand, cette mouche, je la rencontrerais dans la rue, c'est moi qui lui dirais bonjour la première !

FERNAND, *à la mouche :*

Pas par là ! Pas par là !

MADAME SÉVERIN

Seulement, si j'ai encore le courage de faire une tarte, le dimanche après-midi, et que je vois qu'il n'y a qu'une mouche qui s'y intéresse, moi, ça me rend triste.

FERNAND

Une mouche, une mouche, eh ! Une mouche et moi, quand même.

Il souffle sur la mouche, qui s'envole.

MADAME SÉVERIN

Encore, si j'étais sûre qu'elle sera bonne, ma tarte.

FERNAND

Mais oui, mais oui, tenez ! *(Il croque dedans.)* Mmmmmm.

MADAME SÉVERIN

Elle est mangeable ?

FERNAND *s'aperçoit que non :*

… Goûtez.

MADAME SÉVERIN

Qu'est-ce qu'il y a ?

FERNAND

Oh ! il y a sûrement du fromage, dans votre tarte. Mais il y a sûrement aussi du savon.

MADAME SÉVERIN

Du savon ! Deux gros morceaux de gruyère, j'y ai mis !

FERNAND

Un morceau de gruyère, oui. Et puis le morceau de savon qui était dans le placard à côté du gruyère. *(Un temps.)* C'est de ma faute.

Il se lève. Un réveil sonne.

MADAME SÉVERIN

Je croyais que vous aviez trouvé un acheteur, pour tout ça ?

FERNAND

Oui, mais finalement, il n'a pas voulu.

MADAME SÉVERIN

Elles marchent bien, pourtant.

FERNAND

Oui, mais pas à la même vitesse.

MADAME SÉVERIN

Presque.

FERNAND

Et puis, c'était un collectionneur. C'est pas des horloges de collection.

MADAME SÉVERIN

Faudrait tout de même nous débarrasser de ça. Le hamac, moi, je m'en servirais bien.

FERNAND *a ouvert les paravents, derrière lesquels il a pris un vase de porcelaine énorme, informe et inachevé* [1] *:*

À nous deux, maintenant.

MADAME SÉVERIN

Ha ! Il n'est pas encore cassé ?

FERNAND

Il commence à être beau, hein ?

MADAME SÉVERIN

Et il va monter jusqu'où, comme ça, votre vase ?

FERNAND

Je sais pas. *(Il commence son travail de collage en sifflant :)* « Naïves hirondelles. »

Madame Séverin le regarde avec ennui.

FIN

DOSSIER

CHRONOLOGIE[1]

1923. *2 décembre*, naissance à Paris de Roland Dubillard, fils de Henri Dubillard, négociant, et de Germaine Dehé.

1926-1936. La famille Dubillard séjourne alternativement à Paris et à Marseille.

1936. Après la mort accidentelle de Henri Dubillard, retour de la famille à Paris. Études de Roland au lycée Louis-le-Grand et à la faculté des Lettres de Paris.

1943. Participe comme auteur, acteur et metteur en scène aux activités du théâtre moderne de la Maison des lettres dirigée par Pierre-Aimé Touchard. Il s'engage dans la Résistance.

1944. Licence de philosophie.

1945. Service militaire à Limoges.

1946. Départ pour le Théâtre aux armées en Autriche ; il crée sa propre pièce *Il ne faut pas boire son prochain.* De retour à Paris il monte *Les Noces de Catherine* (pièce perdue). Il rédige des poèmes.

1947. Rédaction de sketches pour le Club d'essai de la radiodiffusion française ; *L'Art du mélodrame* est créé à la radio.

1948. Il joue le rôle de Milord dans *Akara* de Romain Weingarten.

1949. Mariage avec Michèle Dumésy dont il aura deux fils, Jérôme et Stéphane. Il rédige la première esquisse de ... *Où boivent les vaches.*

1. Cette chronologie a été établie à partir de celle, beaucoup plus complète, qu'avait élaborée Diane Henneton pour les *Carnets en marge* et pour la *Revue d'esthétique.* Qu'elle trouve ici l'expression de ma gratitude.

1952. Il commence *Naïves hirondelles* dont il écrira une première version à six personnages en 1953 et 1954.

1953. *20 mai.* Jean-Marie Serreau monte *Si Camille me voyait...* au théâtre de Babylone, Roland Dubillard y interprète le rôle de Laurent de Vitpertuise. Philippe de Chérisey lui demande de participer à une émission de radio qui, sous le nom de *Grégoire et Amédée*, produira, avec succès, de courts sketches pendant plusieurs années.

1954. Il joue dans *Crinolines et guillotine* de Henri Monnier (mise en scène de Christine Tsingos).

1956. Il écrit *L'Épisode*, nouvelle qui inspirera *... Où boivent les vaches* dont il compose la première version ainsi que les premières scènes de *La Maison d'os.* Naissance d'Ariane, fille de Nicole Ladmiral-Seyrig et Roland Dubillard.

1958. Divorce.

1959. Il joue dans *Tchin-Tchin* de François Billetdoux au théâtre de Poche-Montparnasse ; rédaction de *La Maison d'os* et mise au point définitive de *Naïves hirondelles.*

1960. Il joue dans deux pièces de Strindberg mises en scène par Arlette Reinerg.

1961. Il met en scène *La Sainte* de Julia Chamorel et joue dans *Le Tricycle* de Fernando Arrabal ainsi que dans deux pièces de René de Obaldia. *Naïves hirondelles* est créé le 16 octobre dans une mise en scène d'Arlette Reinerg ; Dubillard y tient le rôle de Fernand.

1962. Création au théâtre de Lutèce de *La Maison d'os* dans une mise en scène d'Arlette Reinerg ; le rôle du Maître est interprété par Roland Dubillard. Publication chez Gallimard de *Naïves hirondelles* et de *Si Camille me voyait...*

1963-1966. *Naïves hirondelles* et *La Maison d'os* sont joués en tournée mondiale.

1967. Roland Dubillard commence la rédaction du *Jardin aux betteraves* qu'il achèvera l'année suivante. Traduction de *Belcher's Luck*, pièce de l'auteur anglais David Mercer.

1968. Il écrit *Deux inconnus dans le noir*, première version pour la télévision des *Chiens sous la minuterie* (inédit).

1969. Création du *Jardin aux betteraves* au théâtre de Lutèce dans une mise en scène de l'auteur ; il y tient le rôle de Guillaume. Il termine *... Où boivent les vaches* qui sera créé l'année suivante à la radio.

1970 Rédaction des *Crabes ou Les Hôtes et les hôtes*, créé au théâtre de l'Épée de bois dans une mise en scène de l'auteur qui interprète le rôle de Monsieur. En première partie il joue dans *Massacrons Vivaldi* de David Mercer, pièce traduite par lui et Maria Machado.

1971. *Si Camille me voyait*, dans une mise en scène de Jean Piat, entre au répertoire de la Comédie-Française. Traduction de *Haggerty, où es-tu ?* de David Mercer créé au théâtre de l'Atelier dans une mise en scène d'André Barsacq, où il interprète le rôle de Bernard.

1972. Création de *… Où boivent les vaches* par la compagnie Renaud-Barrault au théâtre Récamier, dans une mise en scène de Roger Blin, où il interprète le rôle de Félix.

1973. Publication aux éditions Gallimard de *… Où boivent les vaches*.

1974. Publication chez Gallimard du volume *Olga ma vache, Les Campements, Confessions d'un fumeur de tabac français*.

1975. Mariage avec Maria Machado. Il commence *Le Bain de vapeur* qu'il achèvera l'année suivante. Création des *Diablogues* avec Claude Piéplu au théâtre de la Michodière dans une mise en scène de Jean Chouquet. *Naïves hirondelles* est tourné pour la télévision.

1976. Création du *Bain de vapeur* au théâtre de l'Atelier dans une mise en scène de Philippe de Chérisey. Dubillard y joue le rôle d'Élie. Publication aux éditions de L'Arbalète des *Diablogues* dont la rédaction avait commencé en 1947.

1977. Il commence une œuvre nommée *Astoire*, définie comme devant être à la fois un long poème, un film, un roman et un opéra.

1978. Avec Romain Weingarten, écrit et joue pour la radio un roman intitulé *Aller-retour* ; la rédaction et la diffusion dureront deux ans. Il écrit *Les Chiens de conserve*, scénario qui sera créé à la radio la même année.

1979. Avec Maria Machado, il traduit de l'allemand *La Culotte d'une jeune femme pauvre* de Carl Sternheim ; la pièce est montée au théâtre Saint-Georges, où il joue le rôle de Scarron

1983. Roger Planchon met en scène *… Où boivent les vaches* au Théâtre National Populaire de Villeurbanne.

1986. Création de *Chiens sous la minuterie* au théâtre du Lucernaire, dans une mise en scène de Charles Réale, où il joue le rôle de Paul

1987. Frappé d'hémiplégie.

1988. Publication aux éditions de L'Arbalète des *Nouveaux Diablogues.*

1990. S'installe en Essonne.

1991. Reprise de *La Maison d'os*, dans une mise en scène d'Éric Vigner.

1993. Reprise des *Diablogues* dans une mise en scène de Catherine Marnas à la Maison de la culture de Bobigny.

1994. Reprise de *Naïves hirondelles* à la Comédie-Française (Vieux-Colombier) dans une mise en scène de Pierre Vial.

1995. Reprise des *Crabes* dans une mise en scène de l'auteur au théâtre de la Bastille. Il reçoit le Grand Prix du théâtre de l'Académie française.

1996. Création de *Chiens de conserve* par Catherine Marnas au Théâtre 13.

1998. Publication de *Il ne faut pas boire son prochain* aux éditions Gallimard. Dubillard met en scène au Festival d'Avignon *Je dirai que je suis tombé*, montage de textes poétiques et dramatiques. Il poursuit la rédaction d'une pièce provisoirement intitulée *Madame fait ce qu'elle dit.*

2004. *Mars-avril.* Festival Dubillard au théâtre du Rond-Point : reprise des *Chiens de conserve* par Catherine Marnas ; *Le Jardin aux betteraves*, mise en scène de Jean-Michel Ribes ; création de *Madame fait ce qu'elle dit*, mise en scène de Maria Machado ; *Les Crabes*, mise en scène de Caterina Gozzi ; *La Boîte à outils*, mise en scène d'Anne Bourgeois ; *Paternelle II*, mise en scène d'Ariane Dubillard ; *... Où boivent les vaches*, mise en scène d'Éric Vigner ; *Naïves hirondelles*, mise en scène de Vincent Debost.

NOTICE

LA GENÈSE DE *NAÏVES HIRONDELLES*

On n'imaginerait pas que pour une pièce où la fable est sans consistance et les personnages insignifiants la genèse ait été si complexe et les rédactions intermédiaires si nombreuses. Le fait est que Roland Dubillard met en chantier sa pièce en 1952 ; il en écrit une première version à six personnages entre 1953 et 1954. Outre Bernard, Fernand et Madame Séverin apparaissent le Docteur, propriétaire de la boutique, et Tantine, moribonde et néanmoins assez odieuse. On sent bien que Dubillard mène de front la rédaction de plusieurs pièces, notamment de *La Maison d'os* dont la scène 14 est annoncée par un fragment de l'acte II de la version originelle de *Naïves hirondelles*[1].

Dubillard a hésité entre plusieurs « scénarios » pour la fable de sa pièce : ils vont du conte de fées à la Charles Perrault à la comédie naturaliste à la Zola. Voici un essai du premier type :

Le Prince Bertrand est jeune. Son oncle, Fernand, régent du royaume, l'initie à son rôle de roi. Le royaume est dans une période de bonheur, tout y est permis, même les erreurs de gouvernement ; elles contribuent à l'animation du pays. Chassée d'un pays voisin par une révolte, la princesse Germaine arrive. Malgré sa misère, le prince pense à l'épouser, malgré l'opposition du régent. La princesse a honte aussi de sa situation inférieure ; elle part pour éviter

1. Ce fragment est reproduit p. 287-289 de la *Revue d'esthétique.*

le mariage. Mais la Reine mère veut que ce mariage se fasse. Elle s'arrange pour que la princesse devienne la souveraine réelle du royaume. Dans le même temps, celle-ci recouvre sa royauté perdue. Le prince, devenu tout à coup inutile, hésite entre s'effacer et reprendre le pouvoir par la force.

Voici un autre schéma directeur de la pièce, rédigé sans doute en 1954, pour lequel l'auteur prévoyait un développement en 80 pages :

I. Fernand est propriétaire d'une boutique dont il ne sait pas quoi faire. Il y bricole avec Bertrand, qui a l'excuse d'être plus jeune que lui. Leur voisine, Mme Séverin, est modiste au contraire depuis 20 ans. Elle les considère tous deux un peu comme les deux enfants que ne lui a pas donnés Émile, dont elle est veuve. / Germaine, très jeune ouvrière, arrive un soir : Mme Séverin demandait une aide. Germaine vient de perdre sa tante. Fernand et Bertrand la font entrer de force dans leur bricolage. Mme Séverin, jalouse, la maudit. Mais Fernand commence à s'inquiéter des rapports entre Germaine et Bertrand.

II. Fernand fait la grève. Bertrand ne se comprend plus soi-même : devant Germaine il a honte de son bricolage. Il hésite. Fernand menace de vendre sa boutique. Il essaie en vain d'embobiner Mme Séverin qui n'est pas riche : elle le décourage de se lancer dans de nouvelles aventures commerciales. Germaine, depuis le début de l'acte, hésite à avouer que sa tante lui a légué 44 millions.

III. Alors que Germaine et Bertrand n'arrivent pas à s'entendre, Fernand et Mme Séverin se laissent aller. Mais, vieux, ils manquent d'argent pour s'envoler : après d'autres essais, Germaine leur lègue ses millions. (Bertrand s'était mis à boire, Germaine à porter des manteaux de fourrure. Il a été question qu'elle fasse le trottoir pour lui.)

Un autre projet, beaucoup plus détaillé, reprend de rares éléments de ce dernier scénario et se rapproche beaucoup de ce que sera la version éditée ; il est daté du 26 août 1955 :

Acte 1[1]*. Modifications. Mme Séverin est propriétaire des deux boutiques. Elles n'en faisaient qu'une autrefois, mais les chapeaux*

1. En surcharge, cette phrase : « (ajouter que Germaine a un oncle garagiste à Pontoise) ».

se perdent. Ils se contentent maintenant de la plus petite place. / Les deux hommes payent leur loyer avec un retard croissant. C'est pourquoi leur façon de travailler indigne Mme Séverin. Elle n'oserait pas les mettre à la porte ; Bertrand est son neveu, et elle s'est faite à leur société. Mais elle en a envie. Elle rêve d'une renaissance du chapeau, qui l'obligerait à reconquérir la boutique cédée. Elle compte sur la jeune énergie de Germaine.

Acte 2. Germaine fabrique des chapeaux, mais elle tient le ménage de Bertrand. Mme Séverin lui en veut : par jalousie et parce que son ambition ne trouve pas en Germaine le renfort indifférent dont elle avait besoin pour balayer les deux hommes. / De son côté Bertrand n'arrive pas à admettre la présence de Germaine. Ce n'est pas seulement au célibat qu'il lui faudrait renoncer, mais aussi à la camaraderie de Fernand, à la protection maternelle de Mme Séverin. Car Fernand le réprouve sournoisement, et Mme Séverin lui est franchement hostile. Lui qui jusqu'à présent travaillait par plaisir, on le voit peu à peu s'enfoncer dans une inertie mélancolique. / Mais l'équilibre va se rétablir par un renversement des alliances. Germaine se dérobant, Mme Séverin se trouve prête à accepter les propositions que lui fera Fernand, lorsque celui-ci de son côté aura dû renoncer à son entente avec Bertrand.

En résumé :

1. Décrochage Mme Séverin-Germaine
2. Fernand contre les deux
3. Décrochage Fernand-Bertrand
4. Accrochage Bertrand-Germaine
5. Bertrand contre Mme Séverin
6. Accrochage Mme Séverin-Fernand
7. Déjeuner où l'on sent le nouvel équilibre. Bertrand sait maintenant qu'il veut faire de la mécanique.

Acte 3. L'équilibre a duré quelque temps pendant l'entracte. / Des chapeaux partout. Derrière les paravents : le side-car. / Mme Séverin est reine, Fernand prince consort : il s'occupe de la fourniture et de la publicité. S'il s'intéresse encore à Bertrand, c'est pour le plaisanter sur son métier : chauffeur d'autobus. / Mais Germaine travaille sans joie : les chapeaux lui tombent des mains comme les œufs d'une pondeuse ; elle n'en commence un que pour le finir. « Vous travaillez trop vite », lui dit Mme Séverin, qui s'en inquiète et sous-entend : « ça ne peut pas durer ». / Pourtant Germaine aime son métier. Elle sait qu'elle peut avoir confiance en lui. Tandis que Bertrand a beau lui demander de lui faire confiance, elle n'y arrive pas tout à fait. Elle voudrait bien qu'il ne l'oblige pas à quitter cette place humble mais sûre que le couple Fernand-Mme Séverin lui garantit. C'est au point qu'elle n'ose même pas gifler Fernand quand celui-ci lui fait des avances[1]*. Elle a toujours compris et envié les animaux domestiques. / Cependant, Bertrand a trouvé dans sa passion pour la mécanique un soutien moral qui s'affermit de jour en jour. Le métier de chauffeur d'autobus ne l'a pas ennuyé : pas un jour qui ressemble à l'autre, sur sa ligne. Mais Bertrand, ce n'est pas le gars qui s'encroûte. Il a potassé le cambouis. C'est ce qu'il aime. Il aurait bien voulu que Germaine partageât ses goûts : un même idéal est une garantie, dans le mariage. Et Germaine a fait ce qu'elle a pu pour s'intéresser au moteur à explosions ; du moins elle a fait semblant. Mais Bertrand a vite compris qu'elle était incapable de prendre la mécanique au sérieux. Il est même allé jusqu'à penser qu'elle s'y refusait, il s'est dit : « je ne vois pas comment quelqu'un pourrait rester insensible aux charmes de la mécanique ; il faut le faire exprès ». Et il s'est demandé pourquoi Germaine faisait exprès de ne pas s'intéresser à ce qui l'intéressait le plus. Et il s'est laissé effleurer par la pensée que Germaine était méchante. Un autre que Bertrand aurait pu s'en désespérer, se dégoûter de son métier, n'y plus trouver d'intérêt, puisque l'être qu'il aime le trouve sans intérêt. Bertrand, lui, s'est résigné, se résignera de plus en plus à travailler dans la solitude. / Il est bien embêté tout de même de devoir enlever Germaine, maintenant qu'il a trouvé une place de mécanicien dans le garage de tonton, à Pontoise. De devoir l'enlever à la boutique, mais sur-*

1. Il existe une variante de l'acte III où Germaine, en robe de mariée, se fait photographier par Fernand. Ce n'est pas une tarte, mais des pigeons qui sont en train de cuire au four. On y trouve les mêmes jeux de mots érotiques exploités par Fernand mais avec Tantine dans la version publiée (page 177, acte III, scène 1) : « [...] je vous ai déjà prise ». Germaine se plaint du peu d'empressement de Bertrand. Fernand la lutine et Germaine l'appelle Bertrand. Et quand Germaine, qui se défend mollement, lance : « J'ai mes pigeons qui brûlent », Fernand enchaîne de façon très égrillarde : « Moi aussi ». Cette variante oblige à commenter avec beaucoup de prudence la substitution du nom de Bertrand à celui de Fernand, dans les scènes d'intimité entre Tantine et ce dernier. Il est difficile de bâtir tout un discours psychanalytique sur les rapports incestueux de Madame Séverin avec son neveu quand on sait que cette surimpression est le fait de Germaine. Dans les deux cas, cependant, il y a bien transfert et lapsus révélateur.

tout à ses chapeaux. En contrepartie, il l'a épousée. Mais il n'est pas convaincu que ça suffira. Germaine non plus. / N'importe : Bertrand et Germaine s'envolent vers leur destin, en side-car.

Voici une variante de cette fin d'acte III, rédigée à la même époque :

Acte 3. (Dramatiquement). Germaine et Bertrand, mariés depuis quelque temps, savent qu'ils vont partir pour Pontoise à la fin du repas. Le side-car est prêt. / Mme Séverin et Fernand se doutent de quelque chose.

1. Photo en mariée. F.G. Pigeons au four, chapeau à finir.

2. F.S. (Vieillesse. Avenir stable, momentanément désenchanté.)

3. Bertrand (connivence G. Scène du side-car. Entretien sur la mécanique. Nostalgie de G : la modiste qui a remplacé ma tante à Pontoise, pas besoin d'ouvrière ?) Comment leur dire ça !

4. Tous. Repas. Gaieté de Bertrand. Récit de son dernier tour d'autobus. Moquerie de Fernand vis-à-vis de son métier.

5. Révélation.

F. « Alors tu quittes les autobus. Ça ne te suffit pas. »

Colère de B : « pas de place pour moi ici ».

Mme S : « Heureusement que G reste à faire des chapeaux. » Compromis factice. Bertrand incite G à parler.

Elle parle.

Mme S : « Alors, les chapeaux c'est fini. »

Colère de Germaine.

Plainte des 2 vieux.

2e compromis : « n'en parlons plus ».

Puis G et B s'en vont dans un grand tapage terminé par le tonnerre du side-car.

6. F et Mme S. Ne concluent pas. Finissent de manger. Naïves hirondelles. Querelle finale, inefficace comme toute querelle de vieux.

On retiendra de ces canevas assez détaillés (avec parfois de courts dialogues) que Dubillard a longtemps tenu à peaufiner une fable progressive, chargée et cohérente, psychologiquement et socialement, avant de parvenir au dépouillement (très beckettien) que l'on connaît et à quoi sa pièce doit l'essentiel de son originalité. On remarquera encore que l'acte III est, dans ces deniers projets, constitué du même personnel dramatique que les deux autres actes et que la prise de décision par les personnages de leur choix de vie représente l'enjeu majeur de l'acte. Alors que le déséquilibre de cet acte III réduit à deux personnages sera un nouveau signe de l'audace dramaturgique de Dubillard, à nos yeux du moins. On notera enfin que les rapports de Bertrand et de Germaine sont loin d'être simples et réglés par une immédiate entente amoureuse : Bertrand est un être compliqué et angoissé dont rend compte la dernière tirade de l'acte II, dans la version publiée, mais plus encore les variantes que propose le fonds Dubillard déposé à l'IMEC.

VARIANTES DE L'ACTE II

De ce fonds de l'IMEC nous extrayons cette fin du deuxième acte datée du 7 août 1953 :

(Voix de Fernand : *Au secours, au secours !* Il entre, soutenu par Madame Séverin.)

Bertrand. Qu'est-ce qu'il a, ce haricot vert ?

Madame Séverin. Il vient...

Fernand. Au secours !

Madame Séverin. Il vient de se faire écraser par un camion.

Bertrand. C'est pas vrai ?

Fernand. C'est pas vrai ! Pas vrai ! je ne me suis pas fait écraser par un camion.

Madame Séverin. Non ?

Fernand. C'est le camion qui m'a écrasé ! Pas du tout la même chose ! Moi je n'y étais pour rien.

Bertrand. Oh, alors !

Madame Séverin. Vite, vite !

Bertrand. Vite quoi ?

Madame Séverin. Je ne sais pas moi ! Pauvre homme ! Le hamac !

Bertrand. Va pour le hamac. (Il y transporte Fernand.)

Fernand. Non ! Pas le hamac ! Pas le hamac ! Bertrand ! Pas le hamac !

Bertrand. Farceur.

Fernand. Qu'est-ce que tu dis ?

Bertrand. Farceur.

Fernand. Bertrand, il m'a écrasé, le camion ! Il m'a écrasé ! Il m'a passé là, là et là. Là avec la roue avant gauche, là avec la roue avant droite, et là avec la roue arrière.

Bertrand. Quelle roue arrière, la droite ou la gauche ?

Fernand. Je ne sais pas, Bertrand, j'ai pas vu. Mais il m'a écrasé, je te jure !

Bertrand. Faut pas jurer comme ça.

Fernand. Quoi ! C'est des choses qui arrivent, non ? Alors, je t'en prie, Bertrand, pas le hamac ! Hein ! Pas le hamac, tu veux.

Bertrand. Allez ! Tantine, un coup de main.

Fernand. Non ! non ! au secours ! Pas dans ce hamac-là, il est pas solide ! Bertrand ! Bertrand ! Bertrand !

Germaine entre portant les hors-d'œuvre.

Germaine. Madame Séverin.

Madame Séverin. Qu'est-ce qu'il y a encore ?

Germaine. On peut se mettre à table.

Fernand (grave). *Ah !*

Germaine. Les biftecs grillent.

Fernand. Et Bertrand ?

Germaine. Bertrand fait griller les biftecs.

Fernand. Eh bien... si on peut se mettre à table.

(Ils se mettent à table.)

Bertrand (entre avec les biftecs). *Voilà les biftecs.*

Germaine. Sardine ?

Madame Séverin. Sardine.

Fernande. Sardine (à Bertrand) *Sardine ?*

Bertrand. Sardine.

(Ils commencent à manger. Ils ne disent rien jusqu'à ce que le rideau tombe.)

Fin du deuxième acte

Il existe une variante de ce texte avec un Docteur qui « entre, portant Fernand dans ses bras » :

[...]

Bertrand. Tu souffres, hein.

Fernand. Beaucoup.

Bertrand. Un grand coup de morphine, ça lui ferait du bien, non ?

Docteur. Je vous en prie, mon petit, laissez-moi travailler. Je cherche les fractures.

Bertrand. Prenez votre temps.

Docteur. Pas là... pas là... pas là... pas là... en ce qui concerne la tête... la tête tient bien.

Bertrand. Pour moi, il n'a pas dû penser aux fractures, hé, Fernand, tu n'as pas pensé à ça, hein ? qu'on te demanderait les fractures.

Fernand. Je suis en miettes ! Bertrand, ne me fais pas pleurer, je suis en miettes.

Bertrand. Tu ne sais pas quoi inventer pour te rendre intéressant, hein ? Allez, docteur, allez, sortez votre seringue et mettez-lui-en un grand coup dans les fesses.

Fernand. Je ne veux pas qu'on me pique ! Je vous interdis !

Bertrand. Alors assommez-le, docteur, emportez-le, fichez-le aux ordures, moi je ne veux plus entendre crier ! Assez ! Je suis malade, moi. Je suis malade. (silence)

Fernand. J'ai pourtant vu un camion. Ça, j'ai vu un camion.

Docteur. Vous n'auriez pas plutôt l'impression que ce camion vous est passé non pas à proprement parler dessus, mais juste, juste un tout petit peu à côté ?

Fernand. Mais laissez-moi donc tranquille. Vous ne voyez pas que je suis malade ? Regardez mes yeux, ils se ferment tout seuls. Laissez-moi dormir. Une serviette...

Docteur. Oui.

Fernand. Une serviette, là, là ! mettez-moi une serviette sur la tête.

(Ceci fait, le docteur s'approche de Bertrand.)

Voici encore un autre passage où la tirade assez inexplicablement désespérée de Bertrand (Germaine vient de lui avouer sans ambages son amour) s'explique mieux dans le contexte de ce qui suit et qui n'est plus placé à la fin de l'acte II :

... les vaches !

(un petit temps. Mme Séverin se met à parler dans ses paravents. Bertrand reste effondré pendant les premières phrases. Il se redresse ensuite peu à peu, comme prenant appui sur ce qu'il entend.)

Mme Séverin (invisible) *: Oh, mais ce n'est pas fini, mon petit canard. Elle t'en fera voir de toutes les couleurs. Toutes les couleurs y passeront, oui : même le jaune. Mais ça m'est bien égal. Il fallait faire attention. Quand on a une marraine on fait attention à ce qu'elle dit, au lieu de l'appeler Tantine. Mais c'est bien mon* *tour. Je voudrais qu'elle te roule dans la farine, comme une crêpe, c'est tout ce que ça sait faire, ces petites demoiselles. Moi, je suis pépère dans mon sémaphore, à l'âge que j'ai, je tire le cordon sans voir. Il ne croit tout de même pas que je vais le prendre sur mes genoux, non! Et le consoler, non! Et le bercer, et le coucher dans un hamac! Un hamac, pauvre petit c'est à mon âge qu'on a droit au hamac! Et ça se plaint. Et je n'ai pas de temps à perdre. Quand je pense à ce tube d'aspirine qu'il faut que je m'achète, et à ces cannes qui se prennent dans mes pieds, et à mes jambes, et à mes genoux et à mes rotules, et à tout ce qu'il va falloir que je trimballe de moi jusqu'à la pharmacie, et à ces paravents que personne ne m'ouvrira, et qu'il faudra que je pousse moi-même, ah non! je n'ai pas de temps à perdre, si je le veux, ce tube d'aspirine dont j'ai besoin. Pas de temps à perdre.*

(Bertrand, tout à fait rétabli, ouvre les paravents.)

DUBILLARD, JUGE DE SES PERSONNAGES ET DE SA PIÈCE

À plusieurs reprises dans ses *Carnets*, l'auteur a émis sur ses personnages et sa pièce des jugements très précieux. En voici un, très sévère, sur Madame Séverin; c'est un portrait psychologique fouillé qui va beaucoup plus loin que ce que suggère le personnage sur le plateau, à moins qu'on ne charge ses silences de tout l'implicite que lui attribue l'auteur; par la médiation de ce personnage, Dubillard donne à sa pièce un poids de réflexion existentielle qui fait totalement litière de la fantaisie sans conséquence à quoi on a eu souvent tendance à réduire la pièce; les chutes, en particulier, de Madame Séverin prennent le sens métaphorique d'un détachement du monde, insoupçonnable au simple lecteur et encore plus au spectateur, du fait de l'interprétation comique de ces chutes:

Elle est de ces personnes qui sont déjà mortes à moitié. Entre la plate-forme de l'existence et le tremplin de la mort, elle se promène sur un réseau de fils, dirait-on; en réalité, il n'y a pas de fils. On les imagine parce que cela semble incroyable qu'on puisse évoluer dans le vide. Mais si Madame Séverin ne tombe pas, ce n'est pas qu'un plancher ou qu'un fil la soutienne; c'est qu'elle a perdu sa pesanteur. Madame Séverin est devenue, sans que personne s'en aperçoive, non pas encore une vieille dame, mais une grosse dame.

Elle voudrait bien se persuader qu'elle tient à des choses de l'existence ; qu'elle a besoin de se cramponner comme elle fait ; mais ce n'est plus aux choses qu'elle se cramponne, c'est à leur fantôme. Elle se croit gourmande, mais ce qu'elle mange ne la nourrit pas ; elle se croit regardée par les hommes, mais le fait est que les hommes ne se donnent même plus la peine de détourner les yeux : ils ne voient plus du tout à sa place la jeune femme qu'elle était et qu'ils pourraient du moins lui reprocher de défigurer. Madame Séverin s'imagine, comme elle imagine ce qu'elle aime.

Quand on rêve, on sait bien qu'on rêve, mais il n'en est pas tenu compte dans le rêve. À quoi bon ? Tout ce qu'on peut faire de ce savoir, c'est de le rêver. On ne peut pas se rendre compte, tirer le trait du total et sortir, car...

Mais comme dans le rêve intervient chez la grosse dame un mécanisme de sûreté : elle se gardera de mettre en péril l'image qu'elle a d'elle-même et du monde. Elle se dira blasée, elle dira que les hommes ne l'intéressent plus, que l'agrandissement de son magasin lui attirerait plus d'ennuis que de bénéfices. Inapte au combat, elle sourira de ceux qui se battent. Et sous l'attrait de quelqu'un ou de quelque chose, avant de reconnaître sa faiblesse à cause de son malheur, elle aura encore la ressource du délire.

Ce ne sera pas elle, la grosse dame, qui aura été vaincue par la réalité, mais par des images, la jeune femme qu'elle s'imagine être restée.

Pourtant la vérité s'exprime en elle par un malaise de plus en plus fort. Il monte plus rapidement que les digues amassées contre lui.

Que se passe-t-il ? On a dû me voler quelque chose, se dit Madame Séverin. Elle regarde autour d'elle, cessant de croire qu'elle y impose sa loi ; elle regarde ceux dont c'est le tour de vivre avec une curiosité nouvelle, mais qui se mue peu à peu en jalousie et en malveillance. Ces êtres naïfs qui viennent lui prendre sa part de vie et qui jouent son rôle, elle s'intéresse tellement à eux qu'elle finit par se voir elle-même parmi eux, comme un double d'elle-même qui la trahirait, et la laisserait enfin totalement dépossédée. Alors elle se détache. Elle a atteint l'autre bord. Elle se sent pesante de nouveau, du juste poids qu'il lui faut pour tomber. Madame Séverin est morte[1].

1. *Carnets en marge*, en date du 1er avril 1953.

Dans un autre texte Dubillard suggère que son dénouement tend à donner une leçon d'espoir et de sagesse, les jeunes prenant la relève de l'échec des Madame Séverin :

Le « dénouement » de Madame Séverin / Ce que cache sa méchanceté, son égoïsme, est apparent dans sa dissimulation. Mais apparent au spectateur seulement. Il faudrait qu'à un moment vers la fin, elle sympathise avec le spectateur. / Que Fernand au même moment sympathise avec elle, et elle avec lui et le spectateur avec eux dans ce « lâcher d'oiseaux » : ce n'est plus eux, ce n'est plus nous qui sommes importants, c'est Germaine et Bertrand qui vont nous survivre. / Cela — cette acceptation ou volonté de mourir — doit devenir le sens de la pièce. Ce que je propose au public — non pas un rabâchage d'amertume mais un secret de vie, une clef[1].

Très peu de temps avant la première de sa pièce qui fut créée le 16 octobre 1961, Dubillard rédige un texte pince-sans-rire où il fait à mots à peine couverts allusion à ses relations avec Arlette Reinerg, qui tenait le rôle de Germaine et fut en même temps le metteur en scène de la pièce :

Mieux vaut monter autre chose que Naïves hirondelles.

1) Parce que personne n'aime cette pièce comme l'auteur l'aimait quand il l'a écrite, ni même comme n'importe qui aimerait n'importe quelle pièce. Quant à l'auteur, la pièce lui pèse sur l'estomac, il voudrait s'en débarrasser, la céder, c'est tout.

2) Parce que l'auteur n'accepte, concernant la mise en spectacle de sa pièce, aucune suggestion qui lui semblera, si peu que ce soit, étrangère à sa création. Que ce soit au sujet de la distribution, du décor, de l'interprétation (degré de distanciation, degré de naturel, tempo, utilisation des ustensiles, etc.), l'auteur n'acceptera pas qu'on lui apprenne sur ce qu'il a dit autre chose que ce qu'il se souvient avoir voulu dire.

3) Grégoire n'acceptera pas de voir Amédée remplacé à ses côtés, sinon par Jean-Louis Barrault, Chamarat, Charles Laughton, Michel Simon ou Sacha Distel. Et l'auteur, qui couche notoirement avec Grégoire, n'acceptera rien qui le mettrait en désaccord avec lui.

1. *Carnets en marge*, en date du 23 janvier 1959.

4) Si l'auteur, par sentiment, venait à se soumettre, préférant l'amour par exemple à sa morale d'auteur — il n'en sortirait rien de bon, ni pour son âme d'auteur, ni pour son âme d'amoureux, ni pour le spectacle, ni pour l'objet de son amour, ni pour la direction de son théâtre[1].

1. *Carnets en marge*, en date du 20 juillet 1961.

LES MISES EN SCÈNE

Les mises en scène de Naïves hirondelles

Pour monter sa pièce, Roland Dubillard avait réuni les meilleures conditions de succès, de succès d'avant-garde s'entend. En choisissant le théâtre de Poche-Montparnasse, il était certain, sans doute, de ne pas attirer les foules (qui d'ailleurs n'auraient pas tenu dans les soixante fauteuils de la salle) mais il se situait d'emblée dans la famille des auteurs du « nouveau théâtre[1] », déjà plus ou moins consacrés, ses prédécesseurs dans le lieu ayant été, entre autres, depuis sa réouverture en 1958[2], Jacques Audiberti avec *Le mal court*, Brecht avec *L'Exception et la règle*, Franz Kafka avec *Le Gardien du tombeau*, Ionesco avec *La Leçon*, Jean Vauthier avec *Capitaine Bada* et François Billetdoux avec *Tchin-Tchin*. Le décorateur Jacques Noël était également très lancé dans ce milieu et considéré même comme le participant obligé de l'avant-garde : depuis 1950, il avait assuré la décoration de pièces d'Adamov (*La Parodie*, *La Grande*

1. Sur ce « nouveau théâtre » ou « théâtre nouveau », on lira les études de Geneviève Serreau, *Histoire du Nouveau théâtre*, Gallimard, 1966, et de Michel Corvin, *Le Théâtre nouveau en France*, Presses Universitaires de France, coll. « Que sais-je ? », 1963 (1987).

2. En septembre 1950, René Barjavel écrivait dans *Carrefour* : « En quatre pas, le spectateur, qui vient de franchir la porte, se trouve en contact avec la rampe. Ce qui n'est qu'une façon de parler car la rampe il n'y en a point, pas plus d'ailleurs que de herse ni de dessous, ni de cintre, ni bien entendu de "lointain" ». Cité par Geneviève Latour in *Petites scènes... Grand Théâtre*, p. 103, Publication de la délégation à l'action artistique de la Ville de Paris, 1986.

et la petite manœuvre, *Ping-Pong*, *Tous contre tous*), de Ionesco (*La Leçon*, *Les Chaises*, *Victimes du devoir*, *Amédée ou Comment s'en débarrasser*, *Jacques ou La Soumission*, *Tueur sans gages*), de Brecht (*L'Exception et la règle*, *Homme pour homme*), de Beckett (*Fin de partie*), d'Audiberti, de Duras, de Kafka... Il s'était aussi et surtout chargé avec l'auteur lui-même de la décoration de *Si Camille me voyait...* en 1953 au théâtre de Babylone, dirigé par Serreau qui assurait lui-même la mise en scène de la pièce. Noël continuera à être le décorateur de Dubillard pour *Le Jardin aux betteraves* (1969) et *Le Bain de vapeur* (1976).

Les acteurs — parmi lesquels Dubillard tenait la vedette en assurant le rôle-pivot de Fernand sous son nom de radio de Grégoire — étaient réunis autour de la doyenne de la distribution, Tania Balachova. Âgée de cinquante-huit ans, Balachova était célèbre pour avoir créé le rôle d'Inès dans *Huis clos* de Sartre en 1944, pour avoir mis en scène en 1954 *Les Bonnes* de Genet, pour avoir joué avec brio dans des pièces de Dürrenmatt, Pirandello, Garcia Lorca ou Bernanos, mais surtout pour avoir lancé dans les années cinquante un cours, véritable creuset d'où est sortie toute une génération de comédiens connus dont un des plus jeunes, à l'époque, était Bernard Fresson. Celui-ci, né en 1931 et venu d'un horizon totalement extra-théâtral, avait commencé sa carrière d'acteur en 1956 en jouant dans *Le Cheval dans la cuisine* de Charles-Louis Paron, mis en scène par Arlette Reinerg ; il avait également joué dans *Barrage contre le Pacifique* de Marguerite Duras en 1960, mis en scène par Jean-Marie Serreau. Nouvelle venue au théâtre, Arlette Reinerg était la propriétaire du cabaret La Contrescarpe où Grégoire et Amédée se produiront. Au Poche-Montparnasse dont elle deviendra une habituée, elle assura en 1960 la mise en scène de *Mademoiselle Julie* et de *Il ne faut pas jouer avec le feu* de Strindberg, et l'année suivante, en début de saison, deux pièces de René de Obaldia avant qu'en octobre soit monté *Naïves hirondelles*. Mais déjà, comme actrice, elle avait tenu un rôle en 1956, dans *Soledad* de Colette Audry joué dans ce même théâtre de Poche.

Si l'on essaie de reconstituer la mise en scène à partir des nombreuses photos reproduites dans le numéro de la *Revue d'esthétique*[1] consacré à Dubillard, on se rend compte que le décor suit à la lettre les indications de l'auteur en entassant sur le plateau un amas d'objets « obligés » : table, chaises, hamac, chapeaux, hor-

1. Voir photos p. 210, 265, 286, 294, 304, 306, 308.

loges..., objets articulés avec une toile peinte évoquant la devanture d'une boutique et donnant sur l'extérieur. En utilisant un pan coupé et un renfoncement en biais, Jacques Noël augmentait astucieusement la surface minuscule de la scène.

Pour le reste, à savoir le jeu des acteurs et le rythme donné à la pièce, force est bien de se référer à la presse du temps qui, sauf exception, ne fut guère tendre ni pour l'auteur ni pour le metteur en scène. Il faut dire que la réputation de Dubillard était faite depuis la diffusion à la radio des sketches de *Grégoire et Amédée* (rôle tenu par Philippe de Chérisey). Les deux complices, tous les matins, pendant cinq minutes cultivaient une forme très particulière d'humour qu'on aurait pu dire anglais par sa logique de l'absurde, humour qui réjouissait certains et laissait de glace beaucoup d'autres. La réputation de Dubillard était faite aussi et plus récemment depuis qu'avait été joué au théâtre de Babylone en 1953 *Si Camille me voyait...* : le ton de la critique était donné par cet article de Jean-Jacques Gautier : « M. Dubillard me semble avoir des chances au cabaret des Quatre Saisons, au Théâtre du Quartier latin, dans une cave de Saint-Germain ou dans une "boîte" de la rue Sainte-Anne. Ici, on attend une pièce, fût-elle "farfelue". La "farfeluchade" existe. De pièce, point, d'où notre déconvenue[1]... »

Huit ans plus tard, ce sont les mêmes critiques (Gautier, Kemp, Lerminier, Saurel, Marcel) qui font la pluie et le beau temps dans le Landernau du théâtre : sectateurs du beau langage (français), de la belle pensée (humaniste), de la belle composition dramatique (classique), ils tiennent le haut du pavé. Dubillard n'aura donc guère de chances de recevoir d'eux un brevet d'auteur dramatique au sens plein et noble du terme. Il va donc presque de soi que la critique des journaux sérieux va éreinter la nouvelle production de Dubillard.

La réception critique

Pour rendre compte de la réception de *Naïves hirondelles,* à sa création, on négligera les articles mitigés de Robert Kanters dans *L'Express*, de Pierre Marcabru dans *Arts* et de Claude Olivier dans *Les Lettres françaises*[2]; on préférera citer le long article que Ionesco publia dans *Combat* pour inviter le public à aller voir une

1. *Petites scènes... Grand Théâtre*, p. 149.
2. Ils sont reproduits dans le Dossier de presse que la *Revue d'esthétique* consacre à la pièce p. 291-322.

pièce qui avait du mal à remplir la salle minuscule du théâtre de Poche :

[...] La pièce admirable de Roland Dubillard est celle de la détresse de vivre sans pouvoir aimer, de vivre sans but ou pour de faux buts. Que faire d'une telle vie qui nous vieillit, de l'ennui de laquelle nous ne pouvons échapper ? C'est une pièce de colère, encore, d'une colère qui se brise contre les murs de l'impossible. [...] Comme je voudrais pouvoir rendre compte de la beauté de cette œuvre, avec la précision, la puissance par lesquelles Dubillard rend compte de l'atrocité de l'ennui. Car on ne s'ennuie pas à cette pièce sur l'ennui ; on ne ricane pas non plus, on pleure peut-être, bien que cette œuvre n'ait rien de sentimental. Dubillard ne piétine pas un instant, l'intérêt du spectacle ne faiblit jamais. J'essaie de connaître la science par laquelle l'auteur fait éclore l'atroce de l'ennui, par laquelle il l'intensifie, le densifie, le cerne, le fait éclater. / Des personnages sont là, ensemble, qui s'aiment un peu et se détestent beaucoup, qui veulent se séparer et ne peuvent se passer les uns des autres ; ils se détestent quand ils sont ensemble, ils souffrent de l'absence de celui et de celle qui, finalement, s'échappent vers un nouveau désert d'ennui peut-être. Et ceux qui s'échappent semblent, à ceux qui restent, avoir été les seuls à pouvoir les sauver. / Mais cette façon qu'ils ont de s'accrocher les uns aux autres, de haïr celui qui est là, de rêver, dans le désespoir, à ceux qui ne sont plus là, cela donne une acuité à leur besoin d'amour en détresse qui éclaire le spectateur sur lui-même et sur les conditions de pauvreté dans lesquelles nous vivons. / Oui, nous avons pris l'habitude de ce qui doit faire pleurer et nous en rions, au moins au départ. Je dois dire aussi que c'est parce que rien ne se passe que tout se passe et que tant de choses se passent et que le tableau est complet de la dérision et du tragique. / Les « gags » visuels d'un comique sombre sont nombreux. Le dialogue qui, au début, est à côté des personnages et hors de la question comme si ces personnages voulaient cacher à eux-mêmes leur propre désarroi (mais les « lapsus » et les actes manqués sont là, révélateurs, démasquant le drame) se précise soudain, les personnages parlent, s'exposent et tout se renoue inextricablement[1].

1. « Pour défendre Weingarten et Dubillard », *Combat*, 12 janvier 1962. Cet article sera intégré au programme de la représentation lors de la reprise de 1964.

Voici deux autres jugements qui insistent moins sur l'angoisse existentielle et davantage sur l'originalité de composition et la tonalité particulière de *Naïves hirondelles* :

Cet humour tire ses plus heureux effets de l'emploi sage et dirigé de la nonchalance. Pendant cette demi-heure où je me suis tant amusé, il ne se passe rigoureusement rien, et ce que l'on entend n'est rien d'autre que lieux communs et idées reçues. La nonchalance de l'auteur qui, sous son ancien nom de Grégoire, interprète le principal rôle, est aussi une nonchalance d'esprit ; il semble avoir la paresse d'assembler deux idées, la flemme d'aller même jusqu'au bout d'une idée. Il se dit certainement qu'on serait bien naïf de faire un effort dans ce sens-là, alors qu'il existe de par le monde tant de bouts d'idées déjà fabriquées, qui ont fait leurs preuves, et qu'on n'a qu'à ramasser et assembler pour exprimer ce qu'on pense, quand on ne pense rien. Nonchalance contagieuse, et la conversation des quatre personnages qui occupent la scène a le vide même des discours officiels et des interventions à la tribune. Mais naturellement cela peut être drôle, vraiment drôle, pendant beaucoup plus de temps qu'une demi-heure. D'autant plus que cette agréable nonchalance semble avoir gagné le travail du metteur en scène, Arlette Reinerg, qui laisse vraiment les choses aller comme elles le peuvent. Quant à l'histoire inventée par Roland Dubillard, elle n'a, on l'a compris, aucune importance, le lien de ses épisodes est lâche et le ton, à mon grand regret, est parfois celui de la sensiblerie. Pièce à gags et gags en tous genres[1].

Si Jacques Lemarchand privilégie la forme au détriment du fond, pour lui inexistant, Christian Mégret réussit à concilier les deux dans une perspective qui nous paraît tout à fait juste :

Il y avait là un art magistral de dire les choses sans les dire, de signifier par l'insignifiant, de montrer que la misère de l'homme vient de ce qu'il ne peut ni vivre avec ses semblables ni vivre sans. C'était une pièce à la construction molle, un vrai tohu-bohu. Tellement que, présentée d'abord dans sa version originale, elle durait trois quarts d'heure de trop. Mais quoi ? Si l'existence n'a ni queue

1. Jacques Lemarchand, *Le Figaro littéraire*, 28 octobre 1961.

ni tête, n'est-ce pas normal que sa représentation n'en finisse pas ? Cela, sans doute, contredit au sacré principe selon lequel toute œuvre est un choix et que, même l'informe, il faut pour l'exprimer, lui donner une forme. [...] Il y avait dans Naïves hirondelles *un ton entraînant, irrésistible. La convention théâtrale nous a habitués aux mots projectiles, qui font mouche instantanément. Roland Dubillard use, lui, de mots-explosifs à retardement. C'est en les repensant, après la représentation, les jours suivants, qu'ils font leur plein effet. Chose curieuse, alors que les romanciers n'arrivent pas à se dépêtrer de la mise en question du langage, procédé de communication tenu aujourd'hui pour très inefficace, des auteurs dramatiques comme Roland Dubillard, comme François Billetdoux, comme Brice Parain avec* Noir sur blanc *résolvent élégamment le problème en le prenant pour sujet, fond et forme. Ces auteurs-là déroutent, ayant inventé le théâtre non figuratif. C'est comme pour la peinture de même façon ; il faut s'y faire et, pour peu qu'on s'y prête, ça vient. En tout cas ça vaut la peine de se déranger*[1].

« Clownerie métaphysique » est une formule lancée par Bertrand Poirot-Delpech[2] pour désigner cette alliance heureuse de qualités contradictoires ; elle nous paraît rendre compte au plus court et au plus juste du « génie » propre de Dubillard.

Naïves hirondelles connut quelques autres mises en scène : celle de 1963 au Studio des Champs-Élysées n'était qu'une reprise avec la même distribution dans la même mise en scène. Il y en eut une en anglais en 1966 au News Arts Théâtre Club d'Édimbourg dans une mise en scène de Ronald Taylor avec Viola Keats dans le rôle de Madame Séverin, Tim Preece dans celui de Bertrand, Ewen Sogon dans celui de Fernand et Tessa Wyatt dans celui de Germaine. Au théâtre de Carouge à Genève en 1972, Philippe Mentha mit la pièce en scène dans des décors de Jean-Marie Stehlé avec Tatiana Moukhine (grande actrice du « Théâtre nouveau » dans les années 1950-1960), Lise Ramu dans le rôle de Germaine, Michel Cassagne et Philippe Mentha. La même Tatiana Moukhine en Madame Séverin se joignit en 1975 à Maria Machado, en Germaine, pour assurer avec l'auteur et Bernard Fresson un enregistrement pour la télévision, réalisé par Michel Senoux dans une mise en scène de Jean Badal.

1. *Carrefour*, 28 novembre 1962.
2. Dans un article du *Monde* du 2 octobre 1964.

La pièce connut maintes autres réalisations, en Belgique, dans une mise en scène de Philippe de Chérisey, à Paris, en 1978, à La Péniche (mise en scène de Mireille Laroche), en 1981 à la Comédie de Reims (mise en scène de Daniel Romand), en 1984 au théâtre Déjazet (mise en scène de Jean-Pierre Dougnac, costumes de Jacques Schmidt et Emmanuel Peduzzi), enfin à la Comédie-Française (Vieux-Colombier) en 1994, dans une mise en scène de Pierre Vial avec la collaboration artistique de Maria Machado. C'est Jean-Luc Bideau, admirateur inconditionnel de Dubillard, qui tenait le rôle de Fernand tandis que celui de Madame Séverin était assuré par Alberte Aveline, celui de Bertrand par Thomas Cousseau et celui de Germaine par Anne Kessler.

BIBLIOGRAPHIE

Le texte de *Naïves hirondelles* a été publié par les éditions Gallimard en 1962 (accompagné de *Si Camille me voyait...*) ; il a été réédité avec un certain nombre de variantes chez le même éditeur dans la collection « Le manteau d'Arlequin » en 1971.

Le grand spécialiste de l'œuvre de Dubillard est Robin Wilkinson : il lui a consacré une étude approfondie, version remaniée d'une thèse de doctorat, *Le Théâtre de Roland Dubillard. Essai d'analyse sémiologique*, Berne, Peter Lang, 1989 ; il a également produit une édition critique des *Chiens de conserve*, dans *Organon 86*, publication du Centre d'Études et de Recherches Théâtrales et Cinématographiques de l'université Lyon II, 1986. On lui doit encore plusieurs articles sur divers aspects de l'œuvre.

Dans le domaine de la recherche universitaire on retiendra le mémoire de DEA (Diplôme d'Études Approfondies) de Csilla Jaray-Benn, *Les Objets-personnages et les personnages-objets de Roland Dubillard. La mobilité des objets dans les œuvres théâtrales*. Un long extrait en est publié dans la *Revue d'esthétique*, numéro 34, 1998, consacré à Roland Dubillard.

Ce numéro de revue est une somme de 525 pages qui réunit un très grand nombre d'articles et études consacrés tant à l'auteur lui-même qu'à son œuvre poétique et théâtrale. Ce volume contient une iconographie extrêmement précieuse, notamment pour ce qui concerne les représentations des différentes pièces, ainsi qu'un bon nombre d'inédits (poèmes et textes de théâtre). Ces inédits sont déposés ainsi que l'ensemble des archives de Roland Dubillard à l'IMEC (Institut Mémoire de l'Édition Contemporaine).

Une jeune chercheuse, Charlotte Escamez, a publié en 2003 (éd.

L'Harmattan) une étude, savante et allègre à la fois, sur *Roland Dubillard et le comique*.

On lira aussi avec profit le nº 6 de la revue *Rond-point* (Actes Sud, janvier 2004), notamment l'étude de François Regnault : « Dubillard présocratique ».

Une autre source précieuse d'informations sur la genèse des œuvres théâtrales et l'esthétique de Dubillard est fournie par les *Carnets en marge*, extraits des cahiers que l'auteur n'a cessé de rédiger, sa vie durant ; ils constituent un volume de 978 pages, publié par les éditions Gallimard en 1998.

Sur *Naïves hirondelles* on ne possède que des articles de journaux, rédigés à l'occasion des diverses mises en scène (de 1961 à 1994).

Pour tout complément d'information on se reportera au répertoire des œuvres et à la bibliographie critique du numéro de la *Revue d'esthétique* (p. 503-515).

NOTES

Page 43.

1. Les noms des personnages n'ont rien de gratuit. Germaine est le prénom de la mère de Roland Dubillard et évoque le boulevard Saint-Germain, quartier d'élection de l'auteur ; il en a également tiré le nom de Séverin, allusion à l'église Saint-Séverin, située en plein cœur du Quartier latin. La dénomination est chargée, de plus, d'une connotation de rigueur bougonne qui convient bien au personnage. Quant à Bertrand et Fernand, leurs deux noms se font écho car ils sont le double l'un de l'autre et le double encore, partiel cette fois, de Roland, prénom de l'auteur qui s'était taillé sur mesure, pour le jouer, le rôle de Fernand.

Page 46.

1. L'indication scénique : « Sans ménagements, elle chante » pourrait paraître étrange, vu la situation de Germaine, petite provinciale perdue dans Paris. Il faut se souvenir que le réalisme est le cadet des soucis de Dubillard et que, par contre, son goût va à tout ce qui déborde l'émission usuelle de la parole ; ainsi *Si Camille me voyait...* est-il qualifié d'« opérette parlée en vers radiophoniques ». On notera également : « (*Elle se secoue et regarde le décor... Ironiquement :*) C'est pas mal tout ça, dites donc... » D'entrée de jeu l'illusion scénique est dénoncée par ce clin d'œil au spectateur.

Page 47.

1. Non seulement l'action suppose deux lieux contigus (scène et coulisse) mais le deuxième personnage apparaît à la suite de la ficelle qu'il tient ; c'est elle qui le fait exister. Les personnages s'ignorent :

ils ont même du mal à se voir, signe de leur enfermement dans leur monde intérieur.

Page 48.

1. Comment prolonger un quiproquo plus que de raison (à supposer qu'un quiproquo soit raisonnable) ? Par des phrases inachevées ou interrompues ; d'autant que chacun suit son idée sans prêter attention à l'autre. Bertrand est-il un habile manœuvrier et entreprend-il immédiatement de séduire Germaine, ou est-il simplement naïf ? On dira qu'il est innocemment rusé, double registre où excellait Bernard Fresson, le créateur du rôle.

Page 51.

1. Avec ce « encore des ahuris ! », Germaine entreprend la *captatio benevolentiae* du spectateur : en disant tout haut ce qu'il commence à penser, elle désamorce sa critique et l'oblige à rire.

Page 55.

1. C'est au bout de neuf pages qu'est prononcé le mot qui rompt le quiproquo, une fois que tous les personnages se sont succédé. C'est un tour de force de dramaturgie classique, mais poussé jusqu'à la parodie sinon à l'absurde puisque Fernand donne à la « voisine » qui entre son nom de Madame Séverin ; Germaine, encore en scène, fait comme si elle ne l'entendait pas. Grâce à cet artifice le quiproquo va pouvoir encore se prolonger, pour Madame Séverin, sur une page supplémentaire, jusqu'à ce que Fernand retrouve la mémoire !

Page 58.

1. Shakespeare est une des obsessions de Dubillard ; on retrouvera sa trace à la fin de l'acte II. Comme il le disait lui-même : « Si j'ai écrit des pièces, c'est parce que j'avais peur de jouer *Hamlet* » (propos rapporté par J.-P. Thibaudat dans *Libération* du 30 mai 1996). Robin Wilkinson a construit toute son analyse de *Naïves hirondelles* en contrepoint de la pièce de Shakespeare (voir *Revue d'esthétique*, n° 34, p. 206).

Il est assez amusant de constater que si le dialogue est totalement décousu et passe constamment d'un thème à l'autre sans aucune raison (le « au fait » de la p. 58 est évidemment ironique), les principes les plus classiques de l'exposition, qui se doit d'être à la fois claire, rapide, complète et discrète, sont rigoureusement respectés :

on apprend qui est qui, qui fait quoi et quels sont les rapports respectifs, affectifs et économiques des membres du trio.

Page 62.

1. Le chapeau, dans toute sa matérialité, est l'une des constantes thématiques de la pièce : il y a les chapeaux que Tantine et Germaine fabriquent ; le chapeau que lave Bertrand, les chapeaux qui servent de couche à Fernand, le chapeau dont il se coiffe et avec lequel il fait rire, involontairement, la voisine à l'acte III. Cet objet, d'ailleurs, est doué de mouvement autonome car à la scène 3 de l'acte III « le chapeau tombe du haut du mannequin ». Par métonymie, le chapeau, un temps, évoque le personnage de Germaine (scène 2, p. 186-187). En échangeant leurs chapeaux, Fernand et Tantine, à l'acte III, se livrent à un gag de clowns que Beckett a également exploité dans *En attendant Godot.*

Page 91.

1. Quand la situation se tend, soit que Madame Séverin cherche à dire ce qu'elle a sur le cœur et à mettre Germaine en garde contre les manœuvres d'encerclement des deux hommes, soit que les reproches qu'elle fait à Bertrand provoquent, en riposte, des réactions d'exaspération, les objets s'en mêlent comme s'ils étaient la part matérielle et scénique des affects. Tout tombe et tout se détraque parce que rien « ne tourne plus rond » du fait de l'intrusion de Germaine. C'est évidemment l'attaquant, Madame Séverin, qui est la victime privilégiée de ce « désordre amoureux ». On a affaire ici à un procédé de « littéralité », très exploité par Ionesco (dans *Victimes du devoir* notamment) mais déjà utilisé par Brecht dans *La Noce chez les petits bourgeois* : à partir du moment où l'atmosphère tourne à l'aigre, tout le mobilier fabriqué par le jeune marié se déglingue.

Page 131.

1. La crise de l'identité prend fréquemment dans le théâtre des années cinquante l'aspect d'un doute sur la nomination. Ici (et bien plus souvent encore dans les essais inédits de cette pièce, tels que déposés à l'IMEC), Madame Séverin et Fernand hésitent sur le nom de Germaine. Dans *Les Bonnes*, semblablement, Madame confond à plusieurs reprises Solange et Claire et elles-mêmes jouent à emprunter l'identité (le nom) de l'autre au cours de leur « cérémonie » ; chez Ionesco, dans *La Cantatrice chauve,* tous les membres d'une famille se nomment Bobby Watson. Le fait que Germaine et

Bertrand s'appellent par leurs noms respectifs (à la fin de la scène 13 de l'acte I) mérite d'être relevé comme un signe de reconnaissance existentielle et presque comme aveu d'amour.

Page 139.

1. La pièce a beau avoir été jouée en 1961 et les nouveaux francs avoir été lancés en 1959, l'habitude des Français de s'exprimer en anciens francs a duré bien au-delà des années soixante. Les 5 000 francs de Fernand ne représentent donc que 50 nouveaux francs, soit 7,5 euros, mais c'était une somme importante à l'époque.

Page 141

1. L'expression familière « comme deux ronds de flan » (au sens de « deux sous de flan ») signifie d'ordinaire : « être stupéfait, rester muet d'étonnement » ; ici Dubillard l'emploie au sens de : « comme deux coqs en pâte ». Dans la même page « allez mangez vos croissants chez les Turcs » est un euphémisme pour « allez vous faire foutre », les Turcs ayant la réputation d'être sexuellement redoutables. Ajouter le mot « croissants » à l'expression la rend plaisante et irrévérencieuse, le croissant étant le symbole de l'Islam. La grossièreté de la formule explique le « Oh ! » indigné de Germaine. Les Turcs seront à nouveau mis à contribution (p. 186) quand on dira qu'« ils ont une sale bobine » et (p. 192) quand Tantine lancera à Fernand : « Vous êtes faux, faux ! Regardez-moi cette tête ! On dirait un Turc ! » Pourquoi cette comparaison sinon que l'on dit d'ordinaire : « fort comme un Turc ! » et que, précisément, Fernand s'appelle Fort de son nom de famille ! Dubillard en veut aux Turcs : les Bachi-Bouzouks cités p. 187 étaient des soldats irréguliers de l'armée ottomane au XIXe siècle.

Page 167.

1. On comparera l'indication scénique de ce début de l'acte III avec celle qui ouvre la pièce. D'un côté on a affaire à un espace neutre (« l'intérieur d'une boutique d'on ne sait quoi ») qui progressivement, au cours des deux premiers actes, va laisser l'initiative aux choses : se colletant avec les personnages, celles-ci les réduisent à merci ; de l'autre, la « conquête » de l'espace est définitivement accomplie par les chapeaux, donc par Madame Séverin ; l'entassement est total et plus rien ne bouge. Il ne reste plus comme objet actif que la seule tarte au fromage ; mais elle est plus un concept (et une odeur) qu'une chose. Du coup l'acte III est beaucoup moins

animé que les deux autres ; il n'est fait que de conversations : chute de tension qui n'a pas échappé aux critiques, sévères pour cette longue fin de pièce.

Page 178.

1. On ne sait pas si le « pauvre vieille » désigne la mouche qu'il faut plaindre d'avoir à « grimper » Madame Séverin, ou Madame Séverin elle-même qui n'a qu'une mouche comme partenaire !

Page 179.

1. L'absence de didascalies laisse la compréhension du texte dans un certain flou, comme s'il n'était qu'un accompagnement *ad libitum* d'une action scénique que l'on peut charger ou non d'attitudes plus ou moins lascives. Le « c'est bien comme les hirondelles » ajoute encore au flottement du sens, qui se fixe néanmoins sur Bertrand, façon discrète d'évoquer le caractère quelque peu incestueux des relations de Tantine avec son neveu.

Page 181.

1. Pendant que Tantine est sortie, Fernand continue à lui parler et elle de lui répondre ; on ne dit pas où elle est allée, sans doute dans la coulisse, où se trouve la cuisine. Le lieu scénique est donc poreux aux bruits ; il le sera à nouveau et bien davantage quand on pourra suivre à l'oreille toutes les activités de la voisine (on l'entend bavarder avec Fernand, se laver les cheveux, faire tourner son moulin à café électrique…).

Page 185.

1. Fernand a fait son service militaire à Limoges comme Roland Dubillard.

Page 278.

1. Dubillard-Fernand ménage ses effets : le vase, qualifié d'« énorme, informe et inachevé », est l'objet d'une véritable mise en scène : il apparaît comme la pièce maîtresse d'un musée, une fois ouverts les panneaux des paravents. Malgré sa paresse congénitale, Fernand est bien l'homme d'une unique obsession car, dès la scène 4 de l'acte I, il posait à Germaine la question de confiance qui lui aurait permis d'accéder à son monde monomaniaque : « Vous savez raccommoder la porcelaine ? »

RÉSUMÉ

ACTE I

Germaine, pauvre orpheline débarquée de Pontoise, frappe à la mauvaise porte : elle cherche du travail comme modiste et elle tombe chez deux vieux garçons abouliques, rêveurs et désargentés ; portés sur la chose, ils l'embaucheraient volontiers pour faire de la photo artistique. Le quiproquo dure longtemps. Heureusement Madame Séverin, chapelière et éventuelle patronne de Germaine, protège l'orpheline tout autant qu'elle se méfie d'elle. Elle est la tante de Bertrand, le plus jeune des deux hommes, dont les vues sur Germaine se précisent, et la propriétaire et maîtresse occasionnelle de Fernand, le plus âgé et le plus paresseux : il est constamment en train de bâiller sa vie. Grâce au « panier » de Madame Séverin (Tantine pour les intimes) tout le monde se met à table mais la conversation a beau, sous ses apparences décousues, s'orienter autour d'un thème majeur : soutirer quelque argent à Madame Séverin pour réaliser le projet de photographie, rien ne prend forme. Madame Séverin reste de marbre ; Bertrand, amoureux maladroit et brutal, a une explication orageuse avec Germaine ; les objets manifestent leur mauvais vouloir : le pain, rassis, ne se laisse pas couper, la table s'effondre, le paravent tombe sur la tête de Madame Séverin. Celle-ci finit par reprendre ses esprits et voudrait bien aussi reprendre la direction des opérations mais le hamac où on l'a étendue « cède. Madame Séverin tombe et se casse partiellement ».

ACTE II

Même lieu mais « synthétique » puisqu'il rassemble les chapeaux de la boutique que Madame Séverin vient de vendre, et les objets hétéroclites (horloges, morceaux de porcelaine), objets du commerce hypothétique des deux hommes. Les conversations s'éternisent : de Madame Séverin avec Germaine dont elle voudrait bien connaître les vrais désirs ; de Fernand qui bougonne ; il se sent dépossédé de son chez-soi et se venge assez goujatement sur les deux femmes ; de Bertrand qui apporte de quoi nourrir la société. Nouvelle explication, en forme de duo et de dépit amoureux, avec Germaine. Le mot qui scelle leur accord n'est pas prononcé mais on sent bien que leur couple vient de se constituer. Ce qui ne suffit pas à empêcher Bertrand d'achever l'acte sur une méditation shakespearienne : la vie est décidément trop dure.

ACTE III

Madame Séverin et Fernand se retrouvent seuls, devisant de choses et d'autres en attendant que cuise une tarte au fromage, objectif plus ou moins avoué de la convoitise de Fernand. Il prend Tantine en photo, il fait le clown (involontairement) avec un chapeau de femme sur la tête ; il découvre un fait divers vieux d'un siècle ; il greffe, au passage d'une mouche, des considérations sur la vie et la mort ; il fait des ronds de jambe avec la jeune voisine ; il lutine, mais sans y mettre ni feu ni élégance, une Tantine qui ne se fait guère d'illusion. Ils font tous deux semblant d'attendre le retour de Bertrand et Germaine partis se promener à motocyclette, tandis que le souvenir d'une « ancienne » revient avec émotion à l'esprit de Fernand. On s'envoie des rosseries sous couvert de compliments et on attaque la tarte ; mais celle-ci se défend : elle est bien au fromage, mais au savon aussi. Il ne reste plus à Fernand qu'à reprendre son grand œuvre : reconstituer un vase à partir des débris, en monceau, qui traînent dans la boutique.

Sans oublier « Naïves hirondelles », chanson dont le refrain nostalgique et mystérieux ponctue les instants forts de la pièce.

COLLECTION FOLIO THÉÂTRE

1. Pierre CORNEILLE : *Le Cid*. Édition présentée et établie par Jean Serroy.
2. Jules ROMAINS : *Knock*. Édition présentée et établie par Annie Angremy.
3. MOLIÈRE : *L'Avare*. Édition présentée et établie par Jacques Chupeau.
4. Eugène IONESCO : *La Cantatrice chauve*. Édition présentée et établie par Emmanuel Jacquart.
5. Nathalie SARRAUTE : *Le Silence*. Édition présentée et établie par Arnaud Rykner.
6. Albert CAMUS : *Caligula*. Édition présentée et établie par Pierre-Louis Rey.
7. Paul CLAUDEL : *L'Annonce faite à Marie*. Édition présentée et établie par Michel Autrand.
8. William SHAKESPEARE : *Le Roi Lear*. Édition de Gisèle Venet. Traduction nouvelle de Jean-Michel Déprats.
9. MARIVAUX : *Le Jeu de l'amour et du hasard*. Préface de Catherine Naugrette-Christophe. Édition de Jean-Paul Sermain.
10. Pierre CORNEILLE : *Cinna*. Édition présentée et établie par Georges Forestier.
11. Eugène IONESCO : *La Leçon*. Édition présentée et établie par Emmanuel Jacquart.
12. Alfred de MUSSET : *On ne badine pas avec l'amour*. Édition présentée et établie par Simon Jeune.
13. Jean RACINE : *Andromaque*. Préface de Raymond Picard. Édition de Jean-Pierre Collinet.
14. Jean COCTEAU : *Les Parents terribles*. Édition présentée et établie par Jean Touzot.
15. Jean RACINE : *Bérénice*. Édition présentée et établie par Richard Parish.
16. Pierre CORNEILLE : *Horace*. Édition présentée et établie par Jean-Pierre Chauveau.
17. Paul CLAUDEL : *Partage de Midi*. Édition présentée et établie par Gérald Antoine.
18. Albert CAMUS : *Le Malentendu*. Édition présentée et établie par Pierre-Louis Rey.

19. William SHAKESPEARE : *Jules César*. Préface et traduction d'Yves Bonnefoy.

20. Victor HUGO : *Hernani*. Édition présentée et établie par Yves Gohin.

21. Ivan TOURGUÉNIEV : *Un mois à la campagne*. Édition de Françoise Flamant. Traduction de Denis Roche.

22. Eugène LABICHE : *Brûlons Voltaire !* précédé de *Un monsieur qui a brûlé une dame, La Dame aux jambes d'azur, L'Amour, un fort volume, prix 3F 50C, La Main leste, Le Cachemire X. B. T.* Édition présentée et établie par Olivier Barrot et Raymond Chirat.

23. Jean RACINE : *Phèdre*. Édition présentée et établie par Christian Delmas et Georges Forestier.

24. Jean RACINE : *Bajazet*. Édition présentée et établie par Christian Delmas.

25. Jean RACINE : *Britannicus*. Édition présentée et établie par Georges Forestier.

26. GOETHE : *Faust*. Préface de Claude David. Traduction nouvelle de Jean Amsler. Notes de Pierre Grappin.

27. William SHAKESPEARE : *Tout est bien qui finit bien*. Édition de Gisèle Venet. Traduction nouvelle de Jean-Michel Déprats et Jean-Pierre Vincent.

28. MOLIÈRE : *Le Misanthrope*. Édition présentée et établie par Jacques Chupeau.

29. BEAUMARCHAIS : *Le Barbier de Séville*. Édition présentée et établie par Françoise Bagot et Michel Kail.

30. BEAUMARCHAIS : *Le Mariage de Figaro*. Édition présentée et établie par Françoise Bagot et Michel Kail.

31. Richard WAGNER : *Tristan et Isolde*. Préface de Pierre Boulez. Traduction nouvelle d'André Miquel. Édition bilingue.

32. Eugène IONESCO : *Les Chaises*. Édition présentée et établie par Michel Lioure.

33. William SHAKESPEARE : *Le Conte d'hiver*. Préface et traduction d'Yves Bonnefoy.

34. Pierre CORNEILLE : *Polyeucte*. Édition présentée et établie par Patrick Dandrey.

35. Jacques AUDIBERTI : *Le mal court*. Édition présentée et établie par Jeanyves Guérin.

36. Pedro CALDERÓN DE LA BARCA : *La vie est un songe*. Traduction nouvelle et notes de Lucien Dupuis. Préface et dossier de Marc Vitse.

37. Victor HUGO : *Ruy Blas*. Édition présentée et établie par Patrick Berthier.

38. MOLIÈRE : *Le Tartuffe*. Édition présentée et établie par Jean Serroy.

39. MARIVAUX : *Les Fausses Confidences*. Édition présentée et établie par Michel Gilot.

40. Hugo von HOFMANNSTHAL : *Le Chevalier à la rose*. Édition de Jacques Le Rider. Traduction de Jacqueline Verdeaux.

41. Paul CLAUDEL : *Le Soulier de satin*. Édition présentée et établie par Michel Autrand.

42. Eugène IONESCO : *Le Roi se meurt*. Édition présentée et établie par Gilles Ernst.

43. William SHAKESPEARE : *La Tempête*. Préface et traduction nouvelle d'Yves Bonnefoy. Édition bilingue.

44. William SHAKESPEARE : *Richard II*. Édition de Margaret Jones-Davies. Traduction nouvelle de Jean-Michel Déprats. Édition bilingue.

45. MOLIÈRE : *Les Précieuses ridicules*. Édition présentée et établie par Jacques Chupeau.

46. MARIVAUX : *Le Triomphe de l'amour*. Édition présentée et établie par Henri Coulet.

47. MOLIÈRE : *Dom Juan*. Édition présentée et établie par Georges Couton.

48. MOLIÈRE : *Le Bourgeois gentilhomme*. Édition présentée et établie par Jean Serroy.

49. Luigi PIRANDELLO : *Henri IV*. Édition de Robert Abirached. Traduction de Michel Arnaud.

50. Jean COCTEAU : *Bacchus*. Édition présentée et établie par Jean Touzot.

51. John FORD : *Dommage que ce soit une putain*. Édition de Gisèle Venet. Traduction nouvelle de Jean-Michel Déprats.

52. Albert CAMUS : *L'État de siège*. Édition présentée et établie par Pierre-Louis Rey.

53. Eugène IONESCO : *Rhinocéros*. Édition présentée et établie par Emmanuel Jacquart.

54. Jean RACINE : *Iphigénie*. Édition présentée et établie par Georges Forestier.

55. Jean GENET : *Les Bonnes*. Édition présentée et établie par Michel Corvin.

56. Jean RACINE : *Mithridate*. Édition présentée et établie par Georges Forestier.

57. Jean RACINE : *Athalie*. Édition présentée et établie par Georges Forestier.

58. Pierre CORNEILLE : *Suréna*. Édition présentée et établie par Jean-Pierre Chauveau.

59. William SHAKESPEARE : *Henry V*. Édition de Gisèle Venet. Traduction nouvelle de Jean-Michel Déprats. Édition bilingue.

60. Nathalie SARRAUTE : *Pour un oui ou pour un non*. Édition présentée et établie par Arnaud Rykner.

61. William SHAKESPEARE : *Antoine et Cléopâtre*. Préface et traduction nouvelle d'Yves Bonnefoy. Édition bilingue.

62. Roger VITRAC : *Victor ou les enfants au pouvoir*. Édition présentée et établie par Marie-Claude Hubert.

63. Nathalie SARRAUTE : *C'est beau*. Édition présentée et établie par Arnaud Rykner.

64. Pierre CORNEILLE : *Le Menteur. La Suite du Menteur*. Édition présentée et établie par Jean Serroy.

65. MARIVAUX : *La Double Inconstance*. Édition présentée et établie par Françoise Rubellin.

66. Nathalie SARRAUTE : *Elle est là*. Édition présentée et établie par Arnaud Rykner.

67. Oscar WILDE : *L'Éventail de Lady Windermere*. Édition de Gisèle Venet. Traduction de Jean-Michel Déprats.

68. Eugène IONESCO : *Victimes du devoir*. Édition présentée et établie par Gilles Ernst.

69. Jean GENET : *Les Paravents*. Édition présentée et établie par Michel Corvin.

70. William SHAKESPEARE : *Othello*. Préface et traduction nouvelle d'Yves Bonnefoy. Édition bilingue.

71. Georges FEYDEAU : *Le Dindon*. Édition présentée et établie par Robert Abirached.

72. Alfred de VIGNY : *Chatterton*. Édition présentée et établie par Pierre-Louis Rey.

73. Alfred de MUSSET : *Les Caprices de Marianne*. Édition présentée et établie par Frank Lestringant.

74. Jean GENET : *Le Balcon*. Édition présentée et établie par Michel Corvin.

75. Alexandre DUMAS : *Antony*. Édition présentée et établie par Pierre-Louis Rey.

76. MOLIÈRE : *L'Étourdi*. Édition présentée et établie par Patrick Dandrey.

77. Arthur ADAMOV : *La Parodie*. Édition présentée et établie par Marie-Claude Hubert.

78. Eugène LABICHE : *Le Voyage de Monsieur Perrichon*. Édition présentée et établie par Bernard Masson.

79. Michel de GHELDERODE : *La Balade du Grand Macabre*. Préface de Guy Goffette. Édition de Jacqueline Blancart-Cassou.

80. Alain-René LESAGE : *Turcaret*. Édition présentée et établie par Pierre Frantz.

81. William SHAKESPEARE : *Le Songe d'une nuit d'été*. Édition de Gisèle Venet. Traduction de Jean-Michel Déprats. Édition bilingue.

82. Eugène IONESCO : *Tueur sans gages*. Édition présentée et établie par Gilles Ernst.

83. MARIVAUX : *L'Épreuve*. Édition présentée et établie par Henri Coulet.

84. Alfred de MUSSET : *Fantasio*. Édition présentée et établie par Frank Lestringant.

85. Friedrich von SCHILLER : *Don Carlos*. Édition de Jean-Louis Backès. Traduction de Xavier Marmier, revue par Jean-Louis Backès.

Composition Interligne.
Impression Société Nouvelle Firmin-Didot
à Mesnil-sur-l'Estrée, le 1er avril 2004.
Dépôt légal : avril 2004.
Numéro d'imprimeur : 67790.
ISBN 2-07-042646-7/Imprimé en France.

15427